Riman und der wundersame Greif

Bassima Khoury

Riman und der wundersame Greif

Märchenhafte Abenteuer im Morgenland

von Bassima Khoury

mit Illustrationen der Autorin

Bibliografische Information der Deutschen Nationalbibliothek:
Die Deutsche Nationalbibliothek verzeichnet diese Publikation
in der Deutschen Nationalbibliografie;
detaillierte bibliografische Daten sind im Internet über
http://dnb.d-nd.de/abrufbar

Riman und der wundersame Greif

Märchenhafte Abenteuer im Morgenland

© 2016 Bassima Khoury (Amman, Köln, Düsseldorf)

Illustrationen: Bassima Khoury
Einbandgestaltung, Satz, Layout und Bildbearbeitung:
Ferial Khoury-Bec, (BirdtreeBlue *concept,* France).
Schrift: Palatino Linotype

Dieses Werk einschließlich aller seiner Teile ist urheberrechtlich geschützt. Alle Rechte vorbehalten. Jede Verwertung außerhalb der engen Grenzen des Urheberrechtsgesetzes ist ohne
Zustimmung des Autors unzulässig und strafbar.
Dies gilt auch für Vervielfältigungen, Übersetzungen,
Verfilmungen, Mikroverfilmungen und die Einspeicherung
und Verarbeitung in elektronischen Systemen.

Herstellung und Verlag:
BoD – Books on Demand, Norderstedt
ISBN: 978-3-7412-1079-2

Für meine Eltern.
Für die Kinder der Wüste und ihre Familien,
für Qsiem, Ibtissama, Abdallah, Abu Shaher und Gaytha,
die mich in ihren Stamm aufnahmen.
Für die Kinder der Nachbarstämme.
In Erinnerung an eine aussterbende Kultur
und Lebensweise.
An die Natur.
Für Kulturverständnis.

Inhalt

I. Alles steht noch im Einklang

1   Ein Kind der Wüste
2   Der Wunsch
3   Der Hund Duneib
4   Die Wasserquelle
5   Al-Ghula, die böse Fee
6   Kräuter und Adlerfeder

II. Die Herausforderung

7   Der Ausflug
8   Die erste Etappe im Labyrinth
9   Im Tal des Fluches
10   Entführt
11   Unruhe im Lager der Sukkeir
12   Der Kadi und das sprechende Pferd
13   Die Zusammenkunft
14   Der Eifer der Neugierigen
15   Das Geheimnis der Höhle

III. Die Motivation

16   Ein Leckerbissen
17   Der Emir und der Sonnenvogel
18   Die Rückkehr der Karawane

| 19 | Das Geheimnis ist bewahrt |
| 20 | Die Geschichte vom verliebten Dschin |

IV. Aussichten

21	Der Sturm legt sich
22	Die Stammesversammlung
23	Frohen Mutes
24	Die Gabe
25	Die Geschichte vom Adler und der Schlange
26	Lebewohl mein Freund

Nachwort der Autorin

Anhang A: Die Handelnden dieser Geschichte

Anhang B: Erläuterung / Übersetzung der Namen

Anhang C: Glossar. Begriffe und Erläuterungen

Anhang D: die traditionelle Aufgabenaufteilung der Geschlechter bei den Beduinen

Danksagung

Landkarte

Erzähle mir eine Geschichte …
„*Kan ya makaan,*
  Fi qadim a-zamaan …"

I. Alles steht noch im Einklang

1

Ein Kind der Wüste

Es war ein herrlicher Frühsommertag weit weg im fernen Morgenland. Hoch oben von den Klippen eines Berges, dem Berg Nebi, ertönte eine jungenhafte Stimme, die eine lustige Hirtenmelodie trällerte. Der Wind trug sie fort über das endlos weite Land, das sich unter dem Berg hinstreckte. Die Sonne, die noch nicht ihren höchsten Punkt am Himmel erreicht hatte, warnte den singenden Jungen vor der nahenden Mittagshitze. Dennoch rührte er, Riman Bin Hilal Bin Umayr min Kabilat al-Sukkeiri, so hieß der Junge vollständig, sich nicht vom Fleck. Dort in aller Höhe genoss er den Blick in die endlose, aber ihm vertraute Weite.

Unterhalb des Berges erstreckte sich ein flaches Land, das hier und dort von felsigen Schluchten und von breiten und engen

Wadis zerfurcht war. Auf dem offenen, ungeschützten Land wuchsen spärlich Büsche und Zwergsträucher, die im Begriff waren, für den Rest der Sommerzeit zu verdorren und zu vertrocknen. Vereinzelte Akazien spendeten in der Ödnis ihren segenbringenden Schatten. In manchen Wadis gediehen Dattelpalmen, Oleander, Ginster, und in der Nähe der wenigen Wasserquellen verschiedene Schilfarten. Auf dem Berghang trieben Kräuter und ab und zu wuchs eine wilde Pistazie. Die Pflanzen und die Baumarten dieser Region waren an ein sehr trockenes und heißes Klima angepasst. Der Erdboden war trocken, sandig und übersät mit Steinen sowie Felsbrocken verschiedener Größe; es war eine typische Steppenlandschaft.

Riman beendete seinen Gesang und genoss die weitreichende Ruhe. Er saß oben in einer Höhe von zwei Stunden steilem Fußmarsch. Der Stand der Sonne am wolkenlosen azurblauen Himmel half ihm, die Zeit zu berechnen. Der Jugendliche schärfte seine Sinne und erblickte unten am Fuße des Bergs die länglichen schwarzen Zelte. Er konnte das Zelt seiner Familie erkennen, in dem er mit seinen Eltern und drei Schwestern wohnte. Die anderen Zelte seines Stammes waren in der Landschaft hier und da verstreut.

Riman und seine Stammesangehörigen, die in diesen luftigen Behausungen wohnten, wurden Beduinen genannt, sie sind die „Bewohner der Badiya", die Bewohner der Wüste. In der Regel war das Zelt die Behausung einer Kleinfamilie, Mutter, Vater und Kinder. Die ganze Gruppe in diesem Gebiet bildete einen Beduinenstamm, der Stamm der tapferen Sukkeir; sie war dem „Häuptling", der Scheich Salmaan hieß, untergeordnet. Dieser Mann war bei allen Stämmen der Region als gerechter und friedfertiger Stammesführer bekannt und von allen geachtet. Das Zelt von Scheich Salmaan lag weit entfernt von den anderen Zelten, Riman konnte es von oben fast nicht mehr sehen.

Noch vor einer Woche nahmen dort alle Stammesmitglieder an einem großen Abschiedsfest teil. Die Familien versammelten sich beim Scheich, sie alle feierten gemeinsam und verabschiedeten sich von ihren Männern und von ihren Vätern, die anschließend mit einer Kamelkarawane aufbrachen. Auch Hilal, Rimans Vater, begleitete die Karawane, um in weit entfernten Städten und Märkten Besorgungen zu machen. Die Männer mussten ihre Familien, die im Lager blieben, mit wichtigen Nahrungsmitteln wie Reis, Getreide, Zucker, Kaffeebohnen und anderen Naturalien und Erzeugnissen für längere Zeit versorgen. Sie tauschten diese Güter gegen ihre eigenen Produkte, wie Kamelhaar, Leder, gewebte Wolldecken, Matten und Taschen, auch steinharten Trockenkäse aus Ziegenmilch, sowie eine große Anzahl kräftiger Dromedare und Ziegen. Ein gesundes Dromedar brachte auf den Märkten viel ein. Dromedare waren in dieser fernen Zeit, neben den Schiffen auf den Meeren, die wichtigsten Transportmittel zu Lande. Die Wüstenbewohner kümmerten sich um die Zucht dieser edlen, hochgewachsenen und höckerigen Wüstentiere.

Die Beduinen waren keine Bauern, sondern Hirten. Sie wanderten in der Steppe mit ihren Tierherden, um nach Wasser und Weidegebieten zu suchen. Sie waren stark auf den Handel auf den Märkten angewiesen, um ihren Bedarf zu decken. Auch brachten sie von den Handelsplätzen viele Neuigkeiten über Menschen und andere Länder mit.

Riman war bereits alt genug, um an dieser anstrengenden Reise teilzunehmen, aber er hatte die Verantwortung für die Aufgaben seines Vaters im Lager übernehmen müssen. Er wusste, dass er seinen Vater erst nach einigen Wochen wieder sehen würde. Das normale Leben ging indes im Zeltlager weiter, jeder ging seinen alltäglichen Aufgaben nach.

Riman fixierte seine umherschweifenden Blicke, um dann endlich vorsichtig den steilen Berg hinabzusteigen. Die Sonne wurde schon sehr heiß. Meine Mutter wartet sicherlich auf mich, dachte er.

2

Der Wunsch

Riman kam unversehrt wieder unten an, er kannte alle Pfade, die den Weg bergauf und bergab einfacher machten. Es dauerte noch eine Weile, bis er sein Zuhause erreichte. Vom Berg aus sah alles winzig klein und viel näher aus.

Seine Mutter Nischma saß vor dem Zelt und hielt die hölzerne Spindel mit dem drehenden Garn in einer Hand und die Wollfasern in der anderen. Sie blickte auf und forderte Riman munter auf, näher zu treten. Bald würden seine Schwestern mit der Ziegenherde zurück sein, da der Abend und die schnell eintretende Dunkelheit sehr bald nahten. Riman half seiner Mutter gerne mit der Wolle; die handgefertigte Spule begann sich wieder geschwind zu drehen und das Garn wurde weiter gesponnen. Mehrere große, frisch geschorene Wollknäuel lagen neben seiner Mutter auf dem Erdboden und warteten darauf, verarbeitet zu werden, eine erfüllende Beschäftigung für die kommenden Wochen! Vor kurzem hatten die Männer die Ziegenherde geschoren, genau wie jedes Jahr im Frühling. Die Wolle wurde von den Frauen gewaschen, gekämmt und zum Teil auch gefärbt.

Nischma und die anderen Frauen der Al-Sukkeir waren für ihre Webkunst berühmt. Sie webten aus Ziegenhaar buntgemusterte Satteltaschen, Tragetaschen, Beutel, Decken, Matten und vor allem ihre eigenen Zelte.

Die wichtigste Webarbeit der Frauen, die langen Zelte, bestand aus ungefärbtem schwarzem Ziegenhaar. Die Zeltbahnen herzustellen kostete viel Mühe und Zeit, die Frauen webten bis zu drei Meter breite und mindestens sieben Meter lange Stoffbahnen, die anschließend aneinandergenäht wurden, um die Flächen zu vergrößern. Dabei knieten die Frauen und die Mädchen über einem einfachen hölzernen Webrahmen, der auf dem Boden lag. Webstühle kannte man nicht, denn alles was man besaß, musste bei einer Wanderung leicht und auf einem Kamelrücken transportierbar sein.

Das Garn, das für die Zeltbahnen bestimmt war, musste sehr dick, schwer und reißfest sein, die gewebten Stoffbahnen sollten zudem wasserundurchlässig sein. Diese schweren Bahnen bildeten das Zeltdach und die schützende Rückwand. Es wurden stabile Zeltstangen benötigt, um das Gewicht des schweren Zeltdachs tragen zu können. Das Zelt wurde von innen in zwei Abteilungen aufgeteilt; eine kunstvoll mit geometrischen Mustern gewebte Trennwand teilte die Schlafstätte der Familie und ihre Wohnküche mit den vielen Vorräten, Geräten und der Herdstelle von dem kleineren Männerabteil. Im Männerabteil befanden sich die Sättel, die Waffen, die Kaffee-Utensilien und eine kleinere Feuerstelle nur zum Kaffeekochen. Hier wurden die Gäste des Vaters bewirtet. Die Zelte der Beduinen hatten alle die gleiche Länge, außer dem Zelt des Scheichs, der die längsten Stoffbahnen im Lager besaß.

Die Schur der Kamele war viel schwieriger und sehr gefährlich, deswegen übernahmen nur die erwachsenen Männer diese Aufgabe; da es ein gefährliches Unterfangen war, durften Frauen und Kinder nicht mitarbeiten. Aus dem Kamelhaar webten die Frauen warme Mäntel für kalte Wintertage und

Nächte. Alle diese gewebten Produkte waren sowohl nützlich für den Eigenbedarf als auch sehr begehrt auf den Märkten.

Riman summte eine wohlklingende Melodie und dachte an die komischen und hochnäsigen Meckerziegen, „kein Wunder, wir scheren ihre Haare weg und bauen davon unsere Zelte, sie meckern dabei immer lauter und lauter, warum denn wohl? Weil sie ihre Wut ausdrücken möchten? Trotzdem wachsen ihre Haare beständig nach und gleichwohl meckern sie weiter - mecker, mecker, mecker".

Als die untergehende Abendsonne das Land in ein warmes Licht eintauchte, saßen Riman und seine Familie beim Abendessen. Nischma hatte Reis mit einer heißen Sauce aus Ziegenjoghurt vorbereitet. Die Speise war ohne Fleisch, da Fleisch nur zu Festmahlzeiten gegessen wurde. Getreide und Milchprodukte waren die Hauptnahrung für die Nomaden. Bei Gelegenheit reicherte ein Wüstenhase oder kleine Wüstenhühner die gewöhnliche Mahlzeit an. An diesem Tag war Riman gedanklich zu abwesend, um Kleintierfallen aufzustellen.

Riman erinnerte sich an die letzte Mahlzeit, die er gemeinsam mit seinem Vater genossen hatte. Seine Mutter merkte im Nu seinen traurigen Blick und wollte von ihm wissen, was ihn so beschäftigte.

„Ich wäre jetzt am liebsten mit meinem Vater unterwegs", sagte er.

„Dafür solltest du etwas reifer werden, es müssen dir die ersten Barthaare wachsen", kritisierte seine Mutter liebevoll. Seine Schwestern kicherten und Riman blickte die drei Mädchen böse an.

„Die Karawane macht nur einmal am Tag Pause. Die Männer reiten die voll beladenen Tiere nicht. Der lange Fußmarsch unter der glühenden Sonne ist noch zu strapaziös für dich. Hinzu kommen noch die vielen Gefahrensituationen", meinte seine Mutter.

„Schlangenbisse", zischte Yasmin.

„Sandstürme und Raubüberfälle", lispelte Zahra.

„Kein Zelt schützt dich, denn unterwegs wird keins gebaut", flüsterte Warda.

„Meckerhexen", fauchte Riman verärgert.

„Nur Kranke setzen sich auf ein Kamel, das deswegen entladen werden muss, und dann bleibt die kostbare Ware im Sand liegen", winselte Zahra.

„Meckert nur weiter, jedes Mal schreit ihr, wenn ihr den kleinsten Skorpion seht!" rief Riman vor Wut.

„Jetzt ist Schluss! Ihr sollt euren Bruder nicht ärgern! Ihr kennt alle nur die Umzüge im Herbst und im Frühling, wenn wir unsere Winter- und Sommerlager wechseln. Die meisten Kamele transportieren unser Hab und Gut, die Frauen und die Kinder reiten die nicht beladenen Tiere. Unterwegs baut man provisorische Lager für Kranke, Alte, Kleinkinder und für die Schwangeren. Diese Wanderung ist angenehmer und nicht zu vergleichen mit der anstrengenden Reise einer Handelskarawane. Die Männer haben keine Zeit für Pausen und wollen ihre Geschäfte schnell abschließen, um gesund zu ihren Familien zurückzukehren", erklärte die Mutter ernst. „Vergesst nicht, euer Bruder hätte mitgehen können, aber wir brauchen ihn hier!"

Riman wollte mit seinen Gedanken alleine sein und zog sich zurück, nachdem er seine Mahlzeit beendet hatte.

In der Nacht wurde Riman vom bellenden Wachhund Duneib geweckt. Hatte der Hund ein Tier verscheucht, das zu nahe an das Zelt kam? Riman konnte durch die offene Vorderseite des Zeltes die mit Sternen übersäte Himmelskuppel betrachten. Unerwartet erblickte er deutlich den langen silbrigen Schweif einer Sternschnuppe. Er freute sich über den Anblick und wünschte sich etwas Besonderes, was mit Hilfe der leuchtenden Erscheinung in Erfüllung gehen sollte:

„Bitte Vater, komme heil wieder zurück. Du bist klug und kennst dich aus mit den Tücken der Wüste. Ich kenne diese Tücken auch, oder doch noch nicht alle? Wenn nicht, dann ist es allerhöchste Zeit, sie kennen zu lernen!"

Riman schlief wieder ein. Er träumte, wie die Sterne vom Himmel in sein Zelt hinunter rieselten und ihn mit ihrem Silberschein hell erleuchteten und ihn glücklich und friedlich machten.

3

Der Hund Duneib

Riman erwachte am frühen Morgen, er sprang geschwind auf, stürmte aus dem Zelt heraus und machte dabei einen großen Lärm.

„Duneib, du Wolfskind, du wilder Wolfshund!" schrie Riman aus Leibeskräften.

Der Hund bellte vor Freude und kam hopsend angesprungen. Beide tollten verspielt herum und rasten über Sand und Stein.

Rimans Schwestern krochen verschlafen und ein wenig gestört durch ihren lärmenden Bruder aus dem Zelt, sie begrüßten trotzdem voll guter Laune und mit ihrem Lachen den frischen Wüstenmorgen.

Mutter Nischma war, wie jeden Morgen, mit Brotbacken beschäftigt. Sie formte hauchdünne Fladen, indem sie den Teig mehrmals gekonnt in die Luft wirbelte, dann legte sie die Fladen auf ein gewölbtes und glühendes Metallblech, das über einer Feuerstelle auf dem Boden sehr heiß wurde. Die dünnen Fladen wurden von beiden Seiten auf dem Blech gebacken.

Sekunden später lag der nächste flache Teig auf dem äußerst heißen Metall, und so ging es weiter, bis alles geröstet war. Dann rief Nischma ihre drei Kinder zum Frühstück. Sie aßen gemeinsam zum Brot frische Eier, Ziegenkäse und Datteln, und sie tranken warme Ziegenmilch und gezuckerten Tee.

„Wie lange können wir noch Ziegenmilch trinken?", fragte die Jüngste.

„Die Ziegen werden nur im Frühling und im Frühsommer gemolken. Wir trinken jetzt einen Teil der Molke und den Rest müssen wir konservieren. Du musst das alles noch lernen, Yasmin. Deswegen wirst du mir auch beim Herstellen von Trockenkäse helfen. Genießt die frische Ziegenmilch, bald gibt es nur noch Kamelmilch", erklärte ihr die Mutter, „denn die Kamelstuten geben das ganze Jahr Milch".

Nach dem Frühstück mussten alle aufbrechen, um ihren täglichen Aufgaben nachzugehen. Die zwei jüngsten Schwestern, Warda und Yasmin, verließen das Lager und führten die Ziegenherde zum Berg Nebi. An den Berghängen wuchsen saftige Kräuter und Pflanzen, die den Tieren gut schmecken. Im Flachland wurden die Pflanzen wegen der Hitze allmählich zu trocken; je saftiger die Nahrung, desto mehr Milch erzeugten die vielen gefräßigen Ziegenweibchen.

Nischma lachte, als sie aus der Ferne ihre singenden Töchter hörte, ihre Stimmen übertönten die blökende Herde. Sie konnte sich auf ihre Kinder sehr gut verlassen. Jedes war mit der Verteilung und der Ausführung der täglichen Aufgaben gut vertraut. Ob alt oder jung, jede Person im ganzen Stamm hatte eine Verantwortung für sich und für die gesamte Gemeinschaft zu tragen, um die harten Lebensbedingungen in der Wüste zu meistern und um zu überleben.

Nischma und ihre älteste Tochter Zahra bereiteten sich auf einen Tagesausflug vor. Sie luden ihre Sachen auf den Esel und verließen ihre Wohnstätte, denn Nischma wollte ihre Kusine besuchen. Diese junge Frau war dabei, ihr erstes Kind zu gebären und brauchte die Hilfe von erfahrenen Frauen bei der Geburt. Nischma nahm Zahra mit, weil ihre Älteste bald im heiratsfähigen Alter war und sie wissen musste, welche große Verantwortung ihr bevorstehen würde.

Der Wachhund Duneib rannte eine Weile hinter den beiden Frauen her und kehrte dann zum Zelt zurück, um mit Riman noch einmal um die Wette zu laufen.

„Komm her, Duneib der Bissige", rief Riman lachend, „Zeige mir deine scharfen Zähne, Sohn einer Wolfskönigin,

Herrscher über alle Wolfsrudel und mein großer und mächtiger Freund, du bester Wachhund aller Zeiten. Zähnefletschend verteidigst du mein Heim und das Vieh vor Schakalen, Hyänen, herumstreunenden Wölfen und vor anderen Strolchen in Menschengestalt und hältst die giftigsten Schlangen fern!" Duneib hatte besonders im Winterlager viel zu tun, oft rettete er Ziegen vor heißhungrigen Wölfen. Fremde Menschen, die sich der Familie näherten, blieben von seinen wilden Auftritten nicht verschont. Nur wer Mut und gute Absichten hatte, versuchte sich mit erhobenem Kopf und unterdrückter Angst dem Zelt zu nähern. Bei den Stammesmitgliedern verhielt sich Duneib hingegen ruhig und freundlich, denn sie gehörten nahezu zur Familie.

Duneib sah ziemlich gefährlich aus. Er hatte nicht das Aussehen eines Hundes, schließlich stammte er direkt von Wölfen ab. Als Rimans Großvater Umayr noch lebte, brachte er einen jungen Wolf aus dem Bergland mit und zog ihn liebevoll auf. Duneib war dessen Nachfahre, und die Freiheit der Wildnis spiegelte sich noch feurig in seinen Augen.

„Duneib, mein lieber Gefährte, wir haben genug gespielt! Jetzt muss ich aufbrechen, um unseren Wasservorrat zu besorgen, sonst verdursten wir alle! Lauf nicht weg, bleib hier und halte Wache, bis ich zurückkomme!" Riman verabschiedete sich zärtlich von Duneib und lud die leeren Wasserschläuche aus Ziegenleder auf seinen Esel und wanderte zur nächsten Wasserquelle. Er freute sich schon auf seine Freunde, die er dort antreffen würde. Seine Freunde hatten die gleichen Aufgaben wie er, auch sie besorgten die Wasservorräte für ihre Familien.

Riman war vergnügt, ihm behagte der Gedanke, dass er sein Kamel Harun bald wieder sehen würde. Er hoffte nur, dass Harun zur gleichen Zeit zur Wasserquelle kommen würde.

Er warf von weitem einen letzten Blick auf das Zelt zurück, winkte seinem Hund und setzte seinen Weg fort. Bald darauf unterbrach seine harmonische Stimme die Stille der Wüste, er trällerte eins seiner Lieblingslieder vor sich her.

Es schritt vor mir her,   das durstige Tier,
Ich schlich ihm nach,   dein' Pfad zeig mir,
Da sah ich 'nen Fels,   drauf stand ein Rab',
Der listig sprach: „warum die Eil', der schnelle Trab?"

Es blendete die Sonne,   sie brannte hell,
„Ich suche das Wasser,   ich suche die Quell'",
Kein Schatten in Sicht,   Feuer des Bodens,
„Ich suche das Wasser, das Wasser des Lebens!"

Der Vogel spannte die Flügel, und schwebte auf und davon,
„Junge, suche weiter auf ewig, suche dein ganzes Leben!"

Riman jodelte unbeschwert vor sich hin, aber dann dachte er über diesen Raben nach.

„Du übertrieben großer Kolkrabe, so dunkel wie die Nacht, warum bist du eigentlich so gaunerhaft? Verrate es wenigstens mir! Ich würde dich königlich beschenken und dir Girlanden aus schimmernd grünen Smaragden und aus schimmernd hellen Diamanten um den Hals hängen, dass du bis an das Ende der Welt gerade so hell leuchtest. Du wirst das Sinnbild des Tages werden, und nicht mehr das Bild der Dunkelheit und der vielschichtigen, verflochtenen Schattenwelt verkörpern. Na, was meinst du?"

4

Die Wasserquelle

Die Sonne stieg immer höher, es wurde heißer und heißer. Ein Steinadler kreiste hoch oben über dem Tal, dessen steile, zerklüfteten Felswände die interessantesten Formen annahmen, nach den Verwitterungsprozessen der vergangenen Jahrmillionen, die das Gestein tief erodiert hatten.

Riman bog in dieses Tal und seine zerklüftete Landschaft ein, sang weiter seine Lieder und folgte seinem Esel, der ihm weit vorausgegangen war und der den Weg zur Wasserquelle schon auswendig kannte.

Riman schlenderte hinterher, mal beobachtete er eine kleine türkisfarbene Smaragd-Agame, die sich auf einem Stein sonnte, und mal setzte er sich auf einen Felsen, um auf seiner Flöte, die er aus Schilfrohr hergestellt hatte, zu musizieren. Schilf wuchs überall neben den Wasserquellen.

Der Junge lief an dem blühenden Wüstenginster vorbei. Er betrachtete die im Sonnenlicht bunt schimmernden Insekten, die von der Pracht der Blüten und ihrem Duft angelockt wurden; das zerklüftete Tal bot hier und da einen schattigen

Platz für die Lebewesen, eine Insel inmitten der kargen Gegend.

Bald erreichte er die Felsnische, aus der das Wasser heraus gequollen kam. Das Wasser kam aus dem Erdinneren und sickerte durch den Jahrmillionen alten Kalkstein und lief erfrischend in das Steinbecken mit der geschenkten Kälte aus der tiefen Dunkelheit.

Riman erkannte schon die Stimmen der Jugendlichen, die sich mit ihren Wasserschläuchen bereits über das sprudelnde kühle Wasser bückten. Die Begrüßung war sehr lebhaft. Auch seine besten Freunde, Badder, Qassiem und Abdallah waren anwesend. Es wurde viel erzählt und gelacht.

Die Freunde füllten die Tonkrüge mit Wasser. Diese Krüge standen immer neben der Quelle, bereit für den Gebrauch aller Besucher. Dann liefen sie hinter den Felsen, um sich ein frisches Bad zu gönnen. Anschließend führten sie ihre Lasttiere zur Tränke. Sie gossen Wasser in einen eigens dafür gedachten Steintrog, der im Schatten einer Palme stand. Dieser Trog befand sich absichtlich etwas abseits der Quelle, denn die Reinheit der Quelle war seit jeher oberstes Gebot; Mensch und Tier durften das Wasser nicht verunreinigen.

Die Jungen ließen die Tiere sich bei der Tränke erfrischen, während sie sich näher an die Quelle setzten. Qassiem schnitt sich eine neue Flöte aus einem Schilfrohr, er ging dabei sehr geschickt mit seinem Messer vor. Dennoch erteilten ihm seine Freunde die unnötigsten Ratschläge, und Qassiem ließ sie nur bloß der Einfachheit halber reden.

Sie alle waren so beschäftigt, dass sie das Herannahen von zwei Kamelen nicht bemerkten. Auf einem der Kamele saß ein sehr alter Mann, der trotz seines hohen Alters aufrecht im Sattel saß und mit seinen alten und matten Augen den hintersten Winkel eines dunklen versteckten Mauseloches erspähen konnte. Es war der alte Onkel Al-Dschawal, der mit allen Stammesangehörigen irgendwie verwandt war.

„Assalamu Aleikum", rief der Alte den Jungen zu.

Die Jungs jubelten, als sie ihn sahen, und Rimans Augen funkten vor Freude, als er neben Al-Dschawal sein eigenes Kamel Harun erkannte. Rimans Vater hatte Al-Dschawal die Obhut über die Kamelherde während seiner Abwesenheit gegeben, und der Alte behütete und versorgte sie wie seine eigenen Augäpfel. Kamele sind eine schwierige Aufgabe und sehr belastend für die Familie, die sein Vater wegen der Reise zurückgelassen hatte. Diese Aufgabe übernahm Al-Dschawal öfter, er war ein sehr erfahrener Kamelhirte und kannte die Launen und Tücken der Tiere nur zu gut.

„Riman, komm und führe die Kamele zur Tränke, sie brauchen endlich mal wieder Wasser, sie haben tagelang nichts mehr getrunken - aber das haben Kamele ja an sich", sprach Al-Dschawal.

Riman streichelte sein Kamel Harun, und er wäre gleich am liebsten mit ihm davon geritten, doch klugerweise hörte er auf den alten Mann.
Der Junge betrachtete das Kamel von Al-Dschawal; das Tier war viel größer als Harun. Das größere Tier war hellbraun und hatte ein geschmeidiges Fell, seine Beine waren muskulös und sein Körper war sehr kräftig gebaut. Der Höcker war gut ausgebildet und nicht schlaff, wie bei den verwahrlosten Kamelen von manchen Wilderern. Diese guten Attribute von Dschawals Kamel waren ein Hinweis auf seine gute Pflege. Das Tier sah einfach prachtvoll aus. Harun war dagegen grazil gebaut, schließlich war er noch ein Jungtier.

Harun und das stattliche Kamel besaßen eine Stammestätowierung jeweils auf der rechten Gesichtshälfte; diese bestand aus einem Kreis über zwei diagonalen, parallel laufenden Linien von ungefähr zwei Fingerlängen. Mithilfe der Tätowierung kann ein jeder Beduine sein davongelaufenes Kamel in fremden Herden wiederfinden. Jeder Stamm hat seine eigenen Zeichen für seine Herden.

Riman liebte sein Kamel, genau wie er Duneib liebte. Er erinnerte sich an die Geburt von Harun und wie er dabei helfen durfte. Sein Vater schenkte der Mutterstute tagelang vor der Geburt viel Aufmerksamkeit. Die Geburt eines Kamels war immer eine problematische Angelegenheit, denn das Fohlen wird im Stehen geworfen und kann Verletzungen erleiden. Alle hatten der Kamelstute bei der Geburt von Harun geholfen, die gut verlaufen war. Die Beduinen kümmerten sich um ihre Kamele, denn je größer ihre Herde war, desto geachteter waren sie unter den Beduinenstämmen. Je mehr Kamelstuten sie hatten, desto mehr Nachwuchs hatten sie und vor allem ein größeres Milchaufkommen. Auch erzielte ein prächtiges Tier einen hohen Preis auf dem Kamelmarkt. Ein Beduine war reich und mächtig, wenn er riesige Kamelherden besaß.

Riman schmunzelte, als er an seine ersten Reitstunden dachte. Er erinnerte sich, wie er vor Entsetzen laut geschrien hatte, weil er an Haruns Seiten herunterhing und zu stürzen drohte. Die Männer hatten ihren Spaß daran und lachten ihn aus, bis ihre Augen voller Tränen waren.

Aber nach langen Mühen hatte er es geschafft, das Jungtier Harun, aber auch - wie seine Mutter sagte - sich selber zu zähmen! In jenen Tagen schenkte ihm seine Mutter eine schöne, bunt gemusterte Satteltasche mit vielen langen Troddeln, die sie selbst eigens für ihren Sohn aus Ziegenhaar gewebt hatte. Die Satteltasche legte Riman immer quer über den Sattel von Harun; sie hing an beiden Seiten des Kamelrückens herunter und besaß viele kleine und große Taschen zum Verstauen von Vorrat, Sammelgut oder Gegenständen. Am meisten ergötzte den jungen Reiter der Anblick der langen Troddeln, wenn sie während des Reitens schwungvoll hin und her pendelten.

Riman bat die Freunde, ihm beim Nachfüllen des Steintrogs mit neuem Wasser behilflich zu sein. Ein Kamel braucht viel Wasser. Innerhalb von wenigen Augenblicken schafft es dreimal so viel zu trinken wie ein Esel in der gleichen Zeit. Mit vereinten Kräften füllten die Jungen den großen Trog für die zwei Tiere nach.

Der Organismus eines Kamels geht sehr sparsam mit Wasser um. Ein Kamel kann sogar bis zu vierzehn Tage ohne Wasser auskommen. Deswegen ist die Ernährung besonders wichtig. Die Sukkeir hatten gute Weideplätze, wo ihre Herden langsam und gemächlich von früh bis spät weiden konnten.

Die Jungen beobachteten, wie die Dromedare beim Trinken ihre langen Hälse herunter beugten. Es herrschte Stille, man vernahm nur das langsame Schlucken der beiden großen Wiederkäuer. Der Anblick wirkte beruhigend auf die Betrachter. Nach langen Momenten der Ruhe unterbrach Qassiem die Stille:

„Mein Vater erzählte mir, dass Kamele auch Meerwasser trinken können".

„Mein Vetter Omar hat das auch berichtet, er lebte lange am Roten Meer. Allerdings verschmähen Kamele schmutziges Wasser", fügte Badder hinzu.

Alle nickten und schauten sich um, der Geruch von Tabak erfüllte die Luft. Al-Dschawal räusperte sich und hustete einige Male.

„Warum muss er denn immer dieses starke Kraut rauchen? Es scheint ihm nicht gut zu tun", flüsterte Riman seinen Freunden zu.

Die Jungen setzten sich zu dem alten Mann. Al-Dschawal holte eine von Ruß bedeckte Metallkanne aus seiner Hängetasche und füllte sie mit Wasser, einer Handvoll Teeblättern und zwei Handvoll Zucker. Er stellte die Kanne auf einen kleinen Kreis aus verrußten Steinen, der ein kleines Feuerchen hütete. Diese Feuerstelle wurde von allen Besuchern der Quelle benutzt. Als die Jungen vorher mit den Kamelen beschäftigt waren, hatte Al-Dschawal trockene Kräuter und Gräser in die von einem Steinkreis umringte Mulde gelegt und danach das Feuerchen angefacht.

Die Jungen schlürften den stark gesüßten Tee aus den kleinen Trinkschalen, die sie immer dabei hatten, wenn sie unterwegs waren. Sie schauten fast alle gleichzeitig und erwartungsvoll den alten Mann an. Al-Dschawal war bekannt für seine spannenden Geschichten. Er behauptete immer, dass er als junger Mann das Erzählte schon einmal selbst erlebt habe.
Die Jungen meinten heimlich, dass er zu Übertreibungen

neige, aber keiner von ihnen wagte, seine Geschichten offen zu kritisieren. Sie wollten den Alten nicht kränken. Gegen diese Art von Unterhaltung hatten sie auch nichts einzuwenden. Die Erzählungen waren immer interessant, belehrend, ja häufig sogar außergewöhnlich.

Al-Dschawal verstand wiederum die neugierigen Blicke der Jungen sehr wohl. Er wusste, worauf sie warteten und hatte schon eine Geschichte auf der Zunge. Er wollte die forsche Jugend vor etwas warnen, etwas, was sie eigentlich erfahren sollten und mussten. Er räusperte sich und murmelte etwas vor sich hin, und dann fing er mit seiner Geschichte an.

5

Al-Ghula, die böse Fee

„Es geschah einst vor langer, langer Zeit, als mein guter alter Freund Hamdan noch lebte. Ihr alle kennt seinen Sohn Al-Qadder", erzählte Al-Dschawal. „Hamdan war eines Tages auf der Rückreise, als er unterwegs im Tal des Schakals eine Nacht verbringen musste. Nachdem er sein Nachtlager vorbereitet und eine Kleinigkeit zu sich genommen hatte, legte er sich hin. Er genoss den Anblick des Vollmondes und die silbrig erleuchtete Umgebung. In seiner Nähe befand sich die Öffnung einer Höhle in einer Felswand, die, trotz des Mondscheins, fürchterlich dunkel war. Man könnte meinen, sie sei der Schlund eines riesigen Dschins oder des Scheitans, der sein Opfer gerade verschlingen möchte.

Es dauerte eine Weile, bis Hamdan einschlafen konnte; er wusste nicht, wie lange er geschlummert hatte. Irgendwann wachte er mitten in der Nacht plötzlich auf, ohne eine Erklärung dafür zu finden. Was war die Ursache? Hatte er geträumt? Hatte er ein Geräusch gehört? Hamdan bemerkte, dass etwas über seinem Kopf hin und her flatterte, er versuchte dieses Etwas mit seiner Hand zu verscheuchen. Plötzlich erblickte er eine unbekannte weibliche Gestalt, die aus dem silbrigen Mondschein auf ihn zukam! Der arme Hamdan erschrak! Er wusste sofort, dass diese Erscheinung nur die böse Wüstenfee Al-Ghula sein konnte! Keine Beduinenfrau geht nachts bei Mondschein in Tälern spazieren, die Frauen schlafen um diese Zeit friedlich in ihren Zelten."

Al-Dschawal machte eine kurze Pause, blickte um sich und sah die Spannung und die Erwartung in den Augen der jungen Menschen, die um ihn saßen.

„Was ist denn dann geschehen?"
„Hatte er sich retten können?"
„War es wirklich die Ghula?"
„Wenn die Erscheinung die Ghula war, dann…"
„Ja, dann darf man ihr doch nicht ins Antlitz blicken".
Alle fragten nervös durcheinander, es herrschte bei allen eine große innere Unruhe.

„Ja, es stimmt. Wer der Ghula ins Antlitz blickt, erstarrt zu Stein!", fuhr Al-Dschawal ruhig fort. „Das wusste Hamdan auch. Er wandte blitzschnell seinen Blick von ihr ab. In den kurzen Augenblicken vorher sah er, dass sie lange Haare hatte, die bis zum Boden reichten, und auch, dass sie vor der Höhlenöffnung stehen blieb. Jeder weiß, dass Al-Ghula die Männer mit ihrer reizenden Gestalt und ihren auffallend langen Haaren ins Verderben locken möchte. Hamdan kannte diesen Fluch und wusste das Schlimmste zu vermeiden. Da Al-Ghula vor dem Höhleneingang stand, hatte sie scheinbar die Absicht, ihn dorthinein zu locken".

Al-Dschawal drehte sich erneut einige scharf übelriechende Tabakblätter zurecht und fuhr mit dem Bericht fort. Während er sprach, hustete er oft und röchelte seine uralte Lunge fast aus den Rippen heraus. Das behinderte seinen energischen Erzählstil nicht, sein wacher Geist war stärker als seine hinfälligen Organe. Man nannte ihn nicht umsonst Al-Dschawal, den ewigen Wanderer, einen Lebensreisenden, der die Geheimnisse dieser Welt kennen gelernt hatte. Al-Dschawal sprach weiter.

„Hamdan wusste, dass er sofort handeln musste, er wollte nicht für alle Ewigkeit erstarren und sich in einen dieser kalten Felsen verwandeln. Ohne einen Blick auf den bösen

Zauber zu werfen, sammelte er hastig die herumliegenden Steine und Felsbrocken und mauerte die Höhlenöffnung zu. Der Mond war hell genug und stand seiner verzweifelten Tat bei. Allah sei Dank, Hamdan hatte es geschafft. Er hatte es unbeschadet überlebt und konnte seine Mitmenschen und seine Nachkommen vor dieser Höhle warnen. Eine zugemauerte Höhle wird immer von unsereins gemieden, sie bedeutet nichts Gutes! Übernachtet niemals vor solchen Höhlen und meidet sie!", mahnte Al-Dschawal streng mit erhobener Hand.

„Dieser Hamdan muss ein sehr mutiger Mann gewesen sein", sagte Riman.

"Hätte er Al-Ghula angeschaut, dann hätte niemand gewusst, wo er geblieben wäre", meinte Abdallah.

„Ich hoffe nicht, dass der Stein, auf dem ich gerade sitze, einst ein Ins war", kicherte Qassiem ungläubig.

„Ein verwandelter Ins? Du meinst vielleicht einen Dschin, du sitzt auf einem Dschin?", lachte Badder laut.

Al-Dschawal schenkte allen mehr Tee ein und schlürfte selber noch einen Schluck, bevor er fortfuhr.

„Danach haben wir das Tal des Schakals umbenannt. Seitdem heißt dieses Tal 'das Tal des Fluches'. Ich wiederhole strengstens, seid vor diesem Tal gewarnt!"

Der Alte schloss nachdenklich seine Augen und erinnerte sich noch genau an jenen Tag, als Hamdan fluchtartig zu seinem Zelt eilte und ihm alles erzählte.

Die Gruppe plauderte noch eine Weile, dann brach der Alte langsam auf. Er packte seine Utensilien in die Satteltaschen seines Kamels und band den gefüllten Wasserschlauch an das Tier. Riman durfte Harun länger behalten und ihn am Nachmittag zur Herde von Al-Dschawal zurückbringen.

Bevor er weiter zog, sprach der Alte: „Seid immer vorsichtig, wenn ihr unterwegs seid. Al-Ghula erscheint in vielen Formen, sie kann sich in einen Steinschlag oder in ein wildes Raubtier verwandeln, ihre Kinder sind zahlreich. Al-Ghula erscheint meistens den Männern und Jugendlichen. Sie erscheint nicht in der Nähe eines Zeltlagers, dort ist man vor ihr sicher. Es ist immer klug, wenn ihr stets vor Sonnenuntergang zu Hause seid. Der Allmächtige beschütze euch!"
Die jungen Zuhörer verabschiedeten sich von Al-Dschawal, dann ritt er fort.

***

Noch am gleichen Tag beschlossen Riman, Badder, Qassiem und Abdallah, das Tal des Fluches in naher Zukunft aufzusuchen. Wüstenkinder sind von Natur aus neugierig und für jedes Abenteuer zu haben!

Es herrschte wieder Ruhe an der Wasserquelle. Keine Stimmen mehr, keine Geschichten, kein Gelächter, kein Esel und kein Kamel. Die Wasserschläuche waren voll und die Neuigkeiten ausgetauscht. Die erkaltete Feuerstelle wartete auf die nächsten Besucher. Ein kleiner Nektarvogel, der saphirfarbene 'Jericho Bird', schwebte über einem blühenden Busch nahe der Quelle.

6

Kräuter und Adlerfeder

„Fliege weit hinaus, Sohn des Windes,
und lasse dich von seiner Brise wiegen.
Ich warte verwurzelt, Sohn des Sandes,
und beneide deine Kraft, ihn zu besiegen.

Oh helf' in der Not, der Sturm fegt mich hinweg,
reich' mir eine Feder, ich klammere mich fest,
und werde dein Freund und Bruder."

„Prächtiger Adler, der über meinem Kopf kreist, Fürst der Lüfte, flieg fort und erkundige dich, frage deine Brüder wie es der Karawane geht, wie geht es meinem Vater?" Riman, der sich wieder auf den Klippen des Bergs Nebi aufhielt, schrie lautstark einem vorüberfliegenden Steinadler zu. Seine melodische Stimme wurde weit über die Ebene vom Wind hinausgetragen.

Drei Tage waren schon vergangen, seitdem seine Mutter Nischma und seine Schwester Zahra von ihrem Ausflug zurückkamen. Bei ihrer Ankunft erkrankte Zahra noch in der gleichen Nacht und der Kräutervorrat seiner Mutter ging langsam zur Neige. Frischer Vorrat war erforderlich und Riman hatte von seiner Mutter den Auftrag erhalten, neue Heilkräuter zu sammeln.

Er wanderte schon eine weite Strecke durch die Täler, über die flache Ebene und auf den Berg. Überall wuchsen unterschiedliche Kräuter und Pflanzen. Manche Pflanzen bevorzugten die Trockenheit des Flachlandes, andere genossen die höhere Luftfeuchtigkeit auf dem Berggipfel. Es duftete mal bitter, mal süßlich aus Rimans vollgestopften Hängetaschen; Salbei, Schafgarbe, Wacholderbeeren, Wermutkraut, Gamander und Spinnenpflanze waren in verschiedenen Säckchen verstaut. Das äußerst bittere Wermutkraut soll seine jüngst erkrankte Schwester heilen. Riman zog eine Miene beim Anblick dieses übel schmeckenden und übel riechenden Krautes. Die beißend-bittere Pflanze macht den schlimmsten Keimen im Darm den Garaus.

Er konnte sich nur zu gut daran erinnern, wie er einmal diesen schrecklichen Tee trinken musste. Man trank sehr wenig von diesem Sud, weil die Pflanze an sich giftig war. Seine Mutter wusste, wie viel man davon einnehmen durfte, sie kannte sich in Kräutermedizin sehr gut aus.

Riman war mit dem Sammeln fertig. Er hatte schon eine große

Menge in die Taschen gestopft und war mit seiner pflanzlichen Beute zufrieden. Er setzte sich auf einen Felsen über dem Steilhang, packte seine Flöte aus und spielte eine seiner Lieblingsmelodien. Dann starrte er lange nach Osten, dort wo am Horizont die Sandsteinberge in den Himmel ragten.

„Irgendwo dort müsste das gefürchtete Tal des Fluches liegen! Es muss einen Weg dorthin geben", dachte er. Über ihm kreiste wieder der Steinadler und Riman blickte zu ihm hoch. „Herr der Lüfte, weise mir bitte den Weg", rief er ihm fröhlich zu. Da flog der Raubvogel davon, er flog gen Osten und entschwand am Horizont, als ob er das Menschenkind verstanden hätte.

Als Riman aufstehen wollte, sah er eine makellos schöne und große, goldbraun und silberweiß gestreifte Feder vor seinen Füßen liegen. Er hob die Feder auf und drehte sie im Lichte der Sonne, er blies durch sie hindurch und streichelte die wunderbar seidige Oberfläche. Sie war die herrlichste Feder, die er je zuvor gesehen hatte.

„Du stammst nicht von einem gewöhnlichen irdischen Vogel, deine Farben sind zu edel, du glänzt wie Gold und Silber. Oh ja, du bist mein Glücksbringer, mein Talisman! Ich werde dich immer bei mir tragen, du wirst mich vor den Gefahren schützen und mir immer den richtigen Weg zeigen". Stolz und glücklich wie er war, steckte der Junge die Feder ein und kletterte den steilen Hang hinunter.

Nischma spann gerade Wolle vor ihrem Zelt, als sie aus der Ferne und im Dunst der untergehenden Sonne die seltsame Gestalt ihres vollbepackten Sohnes erblickte. Er war fast nicht zu erkennen. Die Taschen hingen schwer um ihn herum, Äste und Bündel von verdorrtem Holz, die er zusätzlich anschleppte, ließen ihn im Gegenlicht der untergehenden Sonne komisch aussehen. Nischma konnte vor Lachen nicht mehr aufhören. Sie drückte dem erschöpften Jungen eine Schale Wasser in die Hand, die er schnell austrank. Sie nahm ihm dankend die Kräuter und das holzige Brennmaterial ab und war mit ihrem Sohn sehr zufrieden.

Zur Belohnung gab es zum Abendessen eine Bereicherung im Speiseplan. Warda und Yasmin fanden an diesem Tag drei Wüstenhühner in den Fallen, die Riman in der Umgebung des Lagers aufgestellt hatte. Das Essen hatte allen köstlich geschmeckt, außer der armen, kranken Zahra, die sich zu ihrem Leidwesen mit dem bitteren Kräutertrank begnügen musste. Dabei verzog sie ihr Gesicht und stellte sich wegen des abscheulichen Geschmacks sehr an. Im Schein der Feuerstelle und ihrer flackernden und lodernden Flammen, und im Effekt des davon hervorgerufenen Licht- und Schattenspiels sahen ihre Grimassen manchmal komisch und manchmal gruselig aus. Dieser Anblick belustigte ihre Geschwister, die sodann an der Feuerstelle fantastische Gute-Nacht-Geschichten erfanden.

* * *

Riman wachte mitten in der Nacht auf. Ein fremdes Gefühl trieb ihn hinaus und zog ihn zu dem großen Felsen vor dem Zelt. Niemand merkte, dass er aufgestanden war, noch nicht einmal der hellhörige Wolfshund Duneib.

Plötzlich erschrak Riman, als er einen dunklen schwebenden Schatten über dem Felsen bemerkte. Als er genauer hinsah, erkannte er die Silhouette eines sehr großen Adlers, der im Nu auf dem Stein landete. Der Adler stand dort aufrecht, sein prächtiges Federkleid gab ihm eine feierliche und überdies majestätische Haltung. Das üppige Gefieder schimmerte eindrucksvoll unter dem funkelnden Sternenhimmel. Seine Augen starrten den Jungen unentwegt an und gaben ein glühendes und silbernes Leuchten ab, das sich im kräftigen Hakenschnabel widerspiegelte.

Zuerst wusste Riman nicht, ob er fliehen oder bleiben sollte, ob das ein Traum, eine Illusion oder Wirklichkeit war. Dann überkam ihn eine unerklärliche Kraft, die ihn unbeschwert werden ließ, mutig machte und die ihn von den Angstgefühlen befreite. Er war sogar noch nicht einmal erstaunt, dass er eine kuriose Unterhaltung mit dem übergroßen Greifvogel anfangen konnte.

„Darf ein einfacher Erdenmensch dich würdevolles unbekanntes Wesen etwas fragen?"
Es konnte Riman nichts mehr verwirren, der Vogel gab ihm ein Zeichen, weiter zu sprechen. Mutig, aber auch aufgebracht wollte der Junge herausfinden, was sich gerade vor ihm ereignete.
„Was hat diese Begegnung mitten in der Nacht zu bedeuten? Du starrst mich ständig so an, als ob du mich verzehren wolltest! Bist du ein Tier oder ein böser Geist? Ein

Dschin oder eine Ghula? Oh je, was sind deine Absichten?"

Riman dachte schnell nach, er erinnerte sich an die Worte von Al-Dschawal. *Al-Ghula kommt nicht bis zum Zelt!* Außerdem, er war nicht zu Stein erstarrt, seine Haut war warm und sein Puls galoppierte wie ein gehetztes Rennpferd!

Dann passierte etwas Unglaubliches.

Der Greifvogel nickte mit dem Kopf und hämmerte mit seinem Schnabel in den Stein. Dabei ertönte ein feiner metallischer Klang, wie der Schall eines Meißels aus gehärtetem silbrigem Stahl. Riman staunte außerordentlich als er erkannte, was der Vogel tat. Er gravierte Bilder in den Felsen ein! Es waren viele kleine Symbole, die nebeneinander erschienen, dann summierten sich mehrere Reihen untereinander! „Ähnliche Bilder habe ich schon mal gesehen", dachte er und prompt erinnerte er sich, wie man diese Zeichen nannte. *Der Greifvogel schreibt eine Bilderschrift, er ist ein Schreiber!* Nun versuchte Riman, die Zeichen und die Symbole zu verstehen und dabei begriff er, dass der Vogel ihm auf seine Fragen antwortete, und auch, dass er bereit war, auf alle weiteren Fragen einzugehen.

Als der mächtige Vogel mit dem Schreiben fertig war, breitete er seine übergroßen Flügel aus und flog davon. Dabei wirbelte er viel Sand vom Boden auf, so dass Rimans Sicht getrübt wurde.

Riman stand eine Weile da wie angewurzelt und wusste nicht, was ihm widerfahren war. Er wurde nervös und unruhig, er konnte seinen Augen nicht trauen, denn die Bilderschrift blieb unverändert und verschwand nicht. Es kam ihm alles so rätselhaft vor, er gruselte sich und drehte sich um, lief stolpernd zum Zelt und versteckte sich unter seinen Decken.

„Ich bin der Vorbote für das Kommende,
der Rabe sagt's anders, die Eule auch,
Sie gehören nicht zu meinem Königreich.
Ich komme gefiedert zu dir
und bin auf ewig dein holder Freund!"

II. Die Herausforderung

7

Der Ausflug

Nischma wollte gerade nach dem Frühstück die Ziegen melken, als Badder, Qassiem und Abdallah auf ihren Kamelen - Harun mitführend - das Zelt erreichten.

„Assalam, sei gegrüßt, Nischma! Wir haben heute früh Harun von Al-Dschawal abgeholt, um mit Riman einen Tagesausflug zu machen", sagte Badder in höflichem Ton.

„Ya Halla, seid willkommen, junge Männer der Badiya! Heute brauche ich die Hilfe meiner Kinder, aber ...", Nischma unterbrach ihren Satz und blickte besorgt zum Felsen, wo Riman an diesem Morgen lange verweilte. „Aber wenn Riman nur vor sich hin träumen mag, dann soll er lieber mit euch reiten. Seid jedoch rechtzeitig vor Sonnenuntergang zurück!" Riman freute sich über diese Überraschung und beeilte sich mit seinen Vorbereitungen. Zuerst sattelte er den sitzenden Harun, dann warf er ihm die Satteltasche über den Rücken, band sie fest, füllte einen kleinen Lederschlauch mit Wasser und stopfte frisches Brot und süße Datteln in die Köcher der Satteltaschen. Der Ausflug konnte beginnen.

„Wo reiten wir hin?", fragte er hastig, während sie

davon galoppierten.

„Rate doch einfach mal", kam die Antwort.

„Wir nehmen Richtung Osten, dort hinten wohnt Scheich Salmaan und noch viel weiter gen Horizont siedelt der Stamm der Bidyan. Ist dort etwas los, oder gehen wir sie nur besuchen?", fragte Riman forschend.

„Nein, bist du immer noch nicht dahintergekommen?", sie lachten ihn schon aus.

Langsam dämmerte es Riman. „Reiten wir etwa zum Tal des Fluches?"

„Ja", seine Freunde lachten schallend im Chor.

„Welch geheimnisvolles Abenteuer", kreischte Riman

ganz aufgeregt.

Die vier jungen Reiter brauchten ungefähr zwei Stunden, bis sie die Sandsteinberge erreichten. Am Vortag hatte Riman diese Landschaft vom Berg Nebi aus betrachtet. Diese Berge bestanden aus einer felsigen Sandsteinformation und sie stiegen sehr steil empor. Sie bildeten mehrere, endlos parallel verlaufende Bergketten. Dazwischen befanden sich ebenso lange Täler, die von eben diesen hohen und steilen Felswänden an beiden Seiten flankiert waren. Viele dieser parallel verlaufenden Felswände waren durch Schluchten und tiefe Furchen eingeschnitten. Einige Täler wurden durch diese Schluchten miteinander verbunden. Wer sich in diesem Labyrinth nicht auskannte, verirrte sich und fand seinen Weg nur mit großer Mühe und großem Zeitaufwand wieder.

Die Berge wurden von den Einflüssen der Natur und der Zeit geformt. Die Spitzen der Berge waren rund, sie ragten in den Himmel hinaus, wie die riesigen Kuppeln prächtiger Bauten in den viel gerühmten Städten. Beim gezielten Betrachten der Felswände konnte man erkennen, dass sie aus winzigen, dicht zusammengepressten Sandkörnern bestanden. Das Gestein besaß an vielen Stellen eine unterschiedliche Festigkeit, die durch den Zahn der Zeit die Höhlenbildung bewirkte. So waren Höhlen in dieser Gebirgskette sehr häufig anzutreffen.

Der Sandstein variierte in der Farbe, weiß bis gelb, rötlichgelb bis rot, und dunkelrot bis dunkelbraun. An manchen Stellen bildeten alle diese Farben zusammen einen eindrucksvollen feuerfarbenen Regenbogen.

Die Kinder dieser Region hatten ihren Spaß an dem bunten Sandstein, sie sammelten herumliegende Gesteinsbrocken, zerrieben sie und gewannen Sand in verschiedenen Farben. Sie zeichneten mit den Brocken bunte Strichzeichnungen auf die härteren Kalkfelsen vom Berg Nebi und anderswo. So hinterließen sie in ihrer natürlichen Umgebung sichtbare Zeichen ihrer Existenz.

Abdallah kannte sich im Labyrinth gut aus. Sein Vater und er waren oft durch diese Täler geritten, um seine Tante, die im Nordosten weit hinter den Sandsteinbergen wohnte, zu besuchen. Sie lebte beim Stamm ihres Mannes, dem Stamm der Tha'aliba, einem der Nachbarstämmen der Sukkeir. Das Labyrinth im Gebirge, das quer vor ihnen emporwuchs, war der einzige Weg, um dorthin zu gelangen.

Abdallah schlug eine Rast vor, bevor sie dem verwirrenden System der Schluchten und Täler entgegen reiten wollten. Die Jungen stiegen von ihren Kamelen ab, setzten sich auf große

Steine und tranken aus ihren Wasserflaschen. Die Totenstille der Gegend hatte eine beruhigende, ja fast hypnotische Wirkung auf die jungen Wanderer.

Nach einer Weile sprach Riman und unterbrach die endlose magische Ruhe dieser Landschaft. Er erzählte ausführlich, was er in der letzten Nacht geträumt hatte, oder besser ausgedrückt, was er erlebt hatte.

Abdallah lachte über seinen Bericht. „Du träumst merkwürdige Dinge! Ich dagegen würde unheimlich gerne von einer Schönheit träumen, die ich hoffentlich einmal an der Wasserquelle antreffen könnte".

„Ich habe schon diese Bildhübsche in meinen Träumen getroffen", schwärmte Qassiem hochnäsig.

„Habt Ihr beide vom gleichen Mädchen geträumt? Kenne ich sie denn überhaupt?", fragte Badder schelmisch.

„Oh nein, wie willst du sie denn auch kennen! Sie ist doch das Mädchen meiner Träume!", antwortete Qassiem neckisch und alle vier lachten gemeinsam.

Riman sprach wieder von seinem Traum und wiederholte die Vision mit der Bilderschrift. „Dieser Traum ist eine Vorahnung! In den Tälern, die vor uns liegen, gibt es ähnliche Gravierungen im Fels".

„Nicht nur dort. Ich kann sie dir alle aufzählen, wenn du willst. Am Schönsten finde ich die geritzten Linien, die

Steinböcke mit langen gebogenen Hörnern darstellen. Die Hörner sind viel größer als die Hörner des Steinbocks und der Antilope", informierte ihn Abdallah.

„Wer könnte diese Felsbilder angefertigt haben? Das würde ich gerne erfahren!", erwiderte Riman grübelnd.

„Niemand weiß das. Die Alten meinen, dass irgendwelche Vorfahren - ja angeblich sogar die Söhne Adams - die Zeichnungen in den Fels geritzt haben", erzählte Abdallah. „Jetzt müssen wir wieder aufbrechen", erinnerte er die Gruppe. Die Jungen saßen auf ihren Kamelen und trabten den Schluchten entgegen.

* * *

Hoch oben beobachtete sie ein großer Kolkrabe, der auf der

höchsten Kuppe Rast machte. Dann erhob sich der schwarze Vogel, flog kreischend, laut und warnend über die Täler hinweg. Seine Rufe, korrrrrrrrrrk, schallten von allen Felswänden immer wieder zurück, und man könnte deswegen meinen, dass eine Schar von gefräßigen, Unheil bringenden Tieren nur darauf wartete, endlich Beute zu fassen. Der Schall spielte dem Raben leider einen bösen Streich, zu dumm - denn so hörten ihn die Vögelchen und die kleinen Säugetiere, die sich geschwind in Sicherheit brachten. Es blieb ihm nur ein Zufallsfund, wo also finden seine scharfen Augen das Aas?

8

Die erste Etappe im Labyrinth

Abdallah führte seine Freunde Riman, Badder und Qassiem zuerst durch das Tal, das von den Beduinen das Tal des Weinenden Felsens genannt wurde. Dieses Tal verdankte seinen Namen einer auffälligen Felsformation mit steilen Wänden. Hier waren durch natürliche Prozesse massenweise vertikale Säulen entstanden, sie waren durch Erosion aus dem Sandstein herausgewittert. Die Säulen waren entweder so hoch wie die Felswand selbst, oder kurz, dünn und spitz zulaufend. Diese kleineren Säulen sahen aus wie zu Stein erstarrte Tränen.

Als die Jungen an den Steintropfen vorbei ritten, klopften sie mit ihren Dolchen daran. Es ertönten hohle Klänge und jede Säule gab einen anderen Ton von sich, es kam darauf an, wie dick und wie lang die Steintropfen und die Säulen waren. Das zurückschallende Echo dieser Klänge vermischte sich mit dem begleitenden Gesang der Jungen. Das melodische Konzert beglückte sie sehr.

„Höchstwahrscheinlich sind diese weinenden Steine die Seelen der Menschen, die von Al-Ghula verwünscht wurden", sagte Riman.

„Sei vorsichtig! Wenn du zu nahe an die versteinerten Tränen dieser armen Menschen kommst, wirst du noch deine Seele hineinhauchen", belustigte sich Qassiem.

„Das erinnert mich an Bin Ali, den einzigen Sukkeir, der uns verließ, um in der Stadt das Lesen und Schreiben zu erlernen. Er beherrscht sogar die Drei Heiligen Schriften auswendig. Na, er kann sie ja auch lesen! Ich freue mich immer, wenn er uns besucht, ihr nicht? Er hat so viel über die fremde Welt der Sesshaften zu erzählen. Einmal hat er uns erzählt, wie Gott, der Allmächtige, den ersten Menschen formte, wie er ihn aus Tonerde modellierte und ihm anschließend die menschliche Seele einhauchte", erzählte Badder.

Kurz darauf bogen sie in das Tal der Tausend Hörner ein.

„Schaut genau hin, geht näher an die Felswände heran, das Licht der Sonne ist zu stark und will uns unsere Sicht und Beobachtungsgabe rauben", rief Abdallah.

Die Gruppe gehorchte und betrachtete die zahlreichen eingravierten Felsbilder. Sie erkannten die Formen der zierlichen Steinböcke, die in allen Größen vorhanden waren. Besonders die hoch geschwungenen, gebogenen Hörner beeindruckten sie sehr, überall wimmelte es von Steinböcken und geschwungenen Bögen, sie bedeckten fast alle Felswände.

An manchen Stellen erkannten sie menschliche Strichfiguren, die das gehörnte Wild mit Pfeil und Bogen jagten. Vereinzelt traten auch andere Bilder und Symbole auf, eine eingravierte Hand oder auch ein Kamel mit seinem Reiter. Neben der Figur des Kamelreiters befanden sich einige altertümliche Schriftzeichen, die vor langer Zeit in den Felsen verewigt worden waren.

Es wird berichtet, dass in der mündlichen Überlieferung der Beduinen die Geschichte der Felskünstler vergessen worden war, denn sie fand darin nirgendwo eine Erwähnung. Auch die Bedeutung der Bilder ging verloren. Das weist auf das hohe Alter der Zeichnungen hin. Das Tal selbst war der einzige Zeuge, nur fragen konnte man es leider nicht!

Bald liefen die Jungen durch eine schmale Schlucht. Durch Verwitterung war vor langer Zeit eine Öffnung in der Felswand entstanden. Sie führte ins nächste Tal, das sich hinter dieser Felswand verbarg - eine willkommene Abkürzung für Wanderer. Dieser Riss in der Felswand führte die Jungen zum Ziel.

„Wir sind jetzt im Tal des Fluches", kündigte Abdallah an. Es herrschte eine furchterregende Stille, gekoppelt mit einem herzklopfenden Zittern.

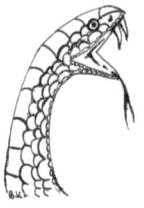

9

Im Tal des Fluches

Als die vier Jünglinge im Tal des Fluches ankamen, rutschten sie von ihren Kamelen herunter und zogen die Tiere fest an ihren Leinen hinter sich her. Sie suchten mit ihren Blicken sorgfältig die Umgebung ab. Die Ruhe war verdächtig, die Kamele spürten die Spannung ihrer wohltätigen Führer und diese wiederum klammerten sich an den großen Tieren fest und durchstreiften die sandige Fläche mit bangen Schritten. Ihre Haltung war eher gebückt als gerade, so wie ein vorsichtiger Leopard, der auf der Pirsch ist.

Kurz darauf erspähten sie die besagte Höhle, die Hamdan einst Hals über Kopf zugemauert hatte. Sie banden die Kamele an großen Steinen fest und schlichen langsam zur Plattform vor dem Höhleneingang. Auf ihrem Weg dahin musterten sie jedes Steinchen, jedes Sandkörnchen und erfassten die unzähligen Spuren der Schakale und der Kleintiere.

Plötzlich mahnte Qassiem seine Begleiter behutsam, sie starrten in jene Richtung, in die er zeigte. Unweit schlängelte eine Sandviper, die sich aus dem Staub machen wollte. Denn der Viper wurde es zu ungemütlich durch die vielen Schritte von Mensch und Tier. Sofort erstarrten die Jungen und verharrten bewegungslos, bis die Viper endlich verschwand. Jede Bewegung hätte tödlich verlaufen können, keiner der Jungen zuckte mit den Wimpern, denn jede Erschütterung hätte verursacht, dass die Schlange denjenigen gebissen hätte, der ihr am nächsten stand. Erst als das giftige Reptil davongeschlichen war, löste sich die aufgestaute Anspannung. Lärmend und schreiend schimpften sie los.

„Al-Dschawal hat uns vor diesem Tal gewarnt! Wer weiß, vielleicht war diese böse Schlange Al-Ghula selbst! Sie kann sich verwandeln, sie wollte uns verwünschen oder uns auf die Probe stellen!", brüllte Badder aufgeregt.

„Sie erscheint doch nur nachts", erinnerte ihn Riman.

„Nein, nicht nur nachts", rief Badder zurück.

„Ich kann die ganze Geschichte, die Al-Dschawal uns erzählt hat, nicht glauben", überlegte Qassiem.

„Alles nur Aberglaube, nur die Alten glauben an diese Dinge", bemerkte Abdallah, der in seine Gedanken vertieft war. Die aufgeregten Stimmen der Jungen hallten durch das ganze Tal.

Ihre Diskussion nahm ein Ende, als einer der Gruppe ein Geräusch vernahm, das nicht von ihnen selbst stammen konnte. Das machte sie wieder vorsichtiger und ließ sie aufmerksam

hinhorchen. Ein leises Rascheln kam aus einer nahe gelegenen Schlucht. Die Jungen schlichen zur Schlucht und warfen einen Blick hinein, aber sie konnten dort nichts feststellen.

„Diese enge Schlucht führt zum Tal der Raben", flüsterte Abdallah.

Dann hörten sie erneut ein Rascheln und ein Rauschen.

„So, jetzt wird es mir zu unheimlich. Ich reite wieder nach Hause, wer möchte, kann mitkommen!", sagte Riman in einem bestimmenden Ton.

„Das Abenteuer hat doch gerade erst angefangen und schon willst du uns alleine lassen und davon laufen?", schimpfte Badder.

„Al-Ghula will uns in diese Schlucht locken, ich gehe keinen Schritt weiter!", erwiderte Riman verzweifelt. Abdallah und Qassiem lauschten weiter und trafen eine Entscheidung.

„Wir bleiben alle zusammen und werden nachsehen, welche Geheimnisse sich hinter dieser Schlucht verbergen", meinte Abdallah.

Riman fluchte und schimpfte, aber er hatte keine Wahl, er konnte vor Angst nicht alleine zurück reiten. Abdallah führte sie in die schmale Schlucht hinein und Riman schlich als letzter ängstlich hinterher. Er griff in seine Tasche und erinnerte sich, dass er seinen Talisman bei sich hatte. Er hielt die Adlerfeder, die er auf dem Berg Nebi gefunden hatte, krampfhaft fest.

Kaum verließen sie die Schlucht am anderen Ende, da passierte etwas, was die Jungen auf keinen Fall geahnt hätten. Sie wurden aufgeschreckt von einer Gruppe fremder Männer, die sie plötzlich umzingelt hatten.

„Zurück, lauft! Zu den Kamelen!", schrie Abdallah.

Sie drehten sich hastig um und wollten fliehen, aber da stand schon ein weiterer Mann hinter ihnen, der ihre vier Kamele an den Leinen führte und ihnen den Fluchtweg versperrte. Abdallah erholte sich als erster vom Schrecken und beherrschte schnell seine Wut und Hilflosigkeit. Er sprach die Fremden kühl an.

„Es scheint mir, dass wir es mit Banditen zu tun haben, für mich gibt es keine andere Erklärung für diese nette Begrüßung!"

„Banditen?", die Männer lachten ironisch. „Wir sind keine Schurken! Wir sind diejenigen, die Banditen suchen. Wir haben sie hier und jetzt gefangen genommen", sagte ein Mann mit einem grimmigen Ausdruck im Gesicht. Er lachte laut und die anderen Männer machten es ihm nach. Das Tal der Raben erschallte von lautem Gelächter.

„Ich hoffe, du meinst nicht uns. Wir sind anständige Beduinen vom Stamm der Sukkeir. Wenn mein Vater hört, dass ihr uns so entwürdigt, dann wird er mit seinem Säbel herkommen! Ich bin Riman Bin Hilal Bin Umayr, merkt euch das!"

Der Grimmige lachte höhnisch und unterbrach ihn: „Genug, du brauchst mir nicht deine Ahnen aufzählen! Der Mann dort, Bikru heißt er, sah von der Felskuppe hoch oben, wie ihr mit diesen Kamelen herumgeschlichen seid! Das kam ihm sehr verdächtig vor. Ihr verhieltet euch wie herumstreunende Schufte. Ihr habt bestimmt auch meine vierzig Kamele gestohlen. Ihr Räuber, ihr seid jetzt in meinen Händen".

„Du nennst uns Kameldiebe! Das ist die schlimmste Beleidigung, die einem Beduinen widerfahren kann - und du wagst das!", platzte Badder vor Wut. „Diese vier Kamele hier sind unsere, sie tragen unser Stammeszeichen! Wer stiehlt seine eigenen Kamele?"

Abdallah musste Badder festhalten, fast wollte er den Grimmigen angreifen, vergeblich versuchte er sich von Abdallahs festem Griff loszustrampeln.

„Der Kreis und die Linien sind uns bekannt, sie sind das Brandzeichen der Sukkeir. Dass ihr Sukkeir seid, müsst ihr erst beweisen! Ein echter Sukkeir geht nicht in das Tal des Fluches. Ich werde schon bald genug die Wahrheit aus euch herauskitzeln!", erwiderte die donnernde Stimme des Grimmigen, dessen Zorn ihm ins Gesicht geschrieben war.

Die Männer führten die schimpfenden und sich mit Händen und Füßen wehrenden Freunde ab, sie nahmen den Weg durch das Tal der Raben und ins Ungewisse.

Ein Kolkrabe saß auf der höchsten Felskuppe und beobachtete das ganze Geschehen.

10

Entführt

Riman, Badder, Qassiem und Abdallah wurden von dem Grimmigen, der Abu Dabba'a hieß, und von seinen strengen Begleitern zum Zeltlager der Bidyan gezerrt. Die Bidyan waren der Beduinenstamm, dem der Grimmige und seine unnachgiebigen Begleiter angehörten.

Wegen ihrer Jugend wurden Riman und seine Freunde bei den Familien der Bidyan untergebracht und behutsam wie Gäste behandelt, bis der Beweis des Diebstahls oder die Bestätigung ihrer Unschuld erbracht werden würde.

Abdallah forderte von seinen Gastgebern, sofort vor den Scheich der Bidyan gebracht zu werden. Er wollte sich als ehrenvoller Beduine erweisen und sich selbst und seine verwirrten Freunde vom Verdacht des Kamelraubes befreien, schließlich waren sie die Söhne eines angesehenen Beduinenstammes.

Auf seine Bitte hin kam der Sohn des Scheichs höchstpersönlich und in Vertretung seines Vaters zu ihnen. Er hieß Nasser Bin Bilal. Er setzte sich vor die vier Jungen und klärte sie auf: „Erst morgen früh werdet ihr zu meinem Vater, Scheich Bilal, gebracht. Da er auch unser Kadi ist, wünscht er euch erst bei der Verhandlung zu sehen. Er muss als Richter eine neutrale Stellung einnehmen. Mein Vater möchte nicht von den einzelnen Verdächtigen im Vorhinein beeinflusst werden."

„Was du mir erzählst, kann und will ich nicht verstehen! Heute Nacht werden unsere Angehörigen uns vermissen, wenn wir nicht vor der Dunkelheit in unserem Lager auftauchen. Wer weiß, wie es morgen dir und deinem Stamm ergehen wird, wenn sie uns als eure Geiseln auffinden! Diese Sache kann zum Stammeskrieg führen, das weißt du auch selbst, oh' gnädigster Nasser", sprach Abdallah, der Möchtegern-Krieger.

Abdallah wusste, dass fast alle kampffähigen Männer seines Stammes mit der Karawane unterwegs waren. Er gebrauchte in seiner Not die Strategie der Täuschung.

"Nasser, du hast vorhin erwähnt, dass der Scheich nicht von einem einzelnen Verdächtigen beeinflusst werden möchte. Ich versichere dir, dass wir Sukkeir, die hier gegenwärtig sind, sowie die fernen und die nicht anwesenden Sukkeir gemeinsam eine einzige Stimme darstellen", beteuerte Riman hochnäsig.

"Ich erkenne eure anständige, ehrliche und stolze Haltung. Es gefällt mir sehr, wie ihr sprecht. Fast bin ich überzeugt, dass ihr Sukkeir seid", entgegnete Nasser leicht herablassend, und doch etwas vorsichtig - denn er war sich noch nicht ganz sicher.

"Dann lass uns frei, ich will hier weg!", forderte Badder mit einem gereizten Tonfall.

"Ich kann das nicht bestimmen. Morgen früh brauchen

wir jeden Verdächtigen, nur so kann mein Vater den Kameldieb enttarnen!" Nach diesen Worten ging der unnachgiebige Nasser fort.

Die junge Gruppe war über Nassers Worte sehr erstaunt, sie verstanden gar nicht, was Nasser damit gemeint haben könnte.

„Jeden Verdächtigen? Was meint er damit? Außerdem haben sie unsere Kamele konfisziert. Was für ein Tausch! Wo sollen wir ihre fortgeschlichenen vierzig Kamele herzaubern? Ich gehe lieber vierzig Kamelzecken suchen, um die Bidyan zum Tauschgeschäft zu animieren, sie sollen dafür unsere vier Kamele hergeben und uns endlich in Ruhe lassen!" Wutentbrannt rannte Qassiem um die zentrale Feuerstelle der Bidyan herum.

„Kamelzecken für ein Kamel? Vierzig Kamelzecken für vier Kamele?" Abdallah musste trotz des Ernsts der Lage laut lachen und rannte Qassiem hinterher mit einer Grimasse, welche die Garstigkeit des Grimmigen nachahmte, und schrie fortlaufend wie eine jaulende Marktschreierin:

„vierzig Kamelzecken für ein Kamel",
und hüpfte und schubste mit den Füßen den Sand vom Boden vor sich hin und her. Währenddessen blieben Riman und

Badder nachdenklich grübelnd und mit ernster Miene wie angewurzelt stehen.

Es stand ein Schatten
                im Schutze einer Zeltwand
                              und lauschte gehorsam.

11

Unruhe im Lager der Sukkeir

Nischma wurde schon sehr unruhig, als es noch keine Spur von ihrem Sohn gab. Sonst hielt er sich an die Sonne und war immer pünktlich zurück, immer vor Sonnenuntergang! Die Jungen hatten doch nur von einem Tagesausflug gesprochen, sie erwähnten keine Übernachtung. Nischma fing an, sichtlich nervöser zu werden.

Als es dunkel wurde, suchte sie auf dem Esel reitend den alten Al-Dschawal auf, der etwas abgelegen vom Lager der Sukkeir wohnte. Der Esel fand seinen Weg in der Dunkelheit, sie brauchte das Tier nicht lenken. Erkennen konnte sie selbst nichts mehr, der Mond fehlte und es herrschte eine tiefe Schwärze.

Al-Dschawal war umso beunruhigter, als er sie so spät am Abend ankommen sah, und er konnte raten, was vorgefallen war. Er hörte ihr besorgt zu und beruhigte die aufgeregte Mutter. Bald standen auch die Mütter von Rimans Freunden Badder, Abdallah und Qassiem vor seinem Zelt.

„Seid unbesorgt, die Jungen haben schon alles gelernt, was sie wissen müssen. Jetzt sind sie auf sich selbst angewiesen und müssen ihre Erfahrungen machen. Es gibt bestimmt einen Grund, warum sie nicht zurück sind. Vielleicht sind sie bei jemandem eingekehrt, als sie gemerkt haben, dass sie es nicht mehr vor Einbruch der Dunkelheit schaffen werden."

Die Mütter hatten trotzdem Angst um ihre Söhne, sie befürchteten, dass ihnen etwas zugestoßen sei.

„Riman und alle anderen handeln niemals unverantwortlich. Etwas hindert die Jungen daran, nach Hause zu kommen." Ein Flehen war in der Stimme von Rimans Mutter nicht zu überhören.

Al-Dschawal dachte einen Moment nach. Er wusste, dass sie Recht hatte, es ist wirklich seltsam! Alle Beduinen hatten gelernt, der harten Natur der Wüsten und der Steppen standzuhalten. Wer ihre Regeln und Gesetze missachtete, der wurde von der Natur bestraft. Al-Dschawal versprach, etwas zu unternehmen und schickte die besorgten Frauen nach Hause.

In der gleichen Nacht noch verbreitete sich die unangenehme Nachricht wie ein Lauffeuer von Zelt zu Zelt.

Vor dem Zelt von Al-Dschawal ging es lebhaft zu. Ein kleiner Suchtrupp fand sich zusammen. Abu Saqer und Abu Seif, die

beiden Großväter von Badder und Qassiem, trafen ein. Hinzu gesellten sich einige Jugendliche, es waren Leith, Mussa und Nimr. Sogar Rimans Hund Duneib durfte an der Suche teilnehmen. Seine Spürnase war in der Dunkelheit unentbehrlich, schließlich konnte man nachts die Fußspuren im Sand nicht erkennen. Obendrein warteten nervöse Reitkamele auf die unerwartet dringende Expedition.

Die entschlossenen Männer, Jung und Alt, waren bewaffnet, sie trugen ihre übermannslangen und spitzen Lanzen, ihre Feuersteinflinten, ihre Säbel und Dolche. Heilkräuter waren eventuell notwendig, falls die Gesuchten verletzt waren, zusätzlich hatten sie Wasser und Proviant eingepackt. Die Gruppe machte zuerst einen Halt bei Scheich Salmaan, dem Scheich der Sukkeir, der über den Ausflug trotz später Stunde noch informiert werden musste. Scheich Salmaan war eigentlich erstaunt über den späten Besuch und bedauerte den Leichtsinn der Vermissten. Sein Sohn Suleiman schloss sich heldenmütig dem Suchtrupp an. Daraufhin zogen sie von dannen, begleitet von den guten Wünschen und Zurufen des schläfrigen und laut gähnenden Scheichs.

Duneib, der treue Hund, führte sie Richtung Osten. Beim Morgengrauen ahnte der sehr bekümmerte Al-Dschawal schon, was die Jungen am Vortag im Schilde geführt hatten -

er war der einzige in dem Suchtrupp, der es wissen konnte. In der Morgendämmerung des neu anbrechenden Tages erblickte er die Sandsteinberge.

„Diese jungen Meuterer! Man darf ihnen nichts mehr erzählen", dachte er verärgert und schnitt brummend eine verbissene und vom Husten schmerzverzerrte Miene.

12

Der Kadi und das sprechende Pferd

Am nächsten Morgen versammelten sich die Männer der Bidyan vor dem Zelt ihres Oberhauptes Scheich Bilal. Der grimmige Abu Dabb'aa und zwei halbstarke Gestalten führten die vier jungen Gefangenen vor. Riman und seine Freunde wunderten sich, als noch fünf weitere erwachsene Gefangene zum Zelt gebracht wurden.

Der Scheich saß im Männerbereich seiner Wohnstätte. Abu Dabb'aa setzte sich daneben und flüsterte ihm etwas ins Ohr. Dem Anschein nach war sein Geflüster von ziemlich großer Bedeutung! Die anderen Bidyan von hohem Rang setzten sich in die Nähe des Scheichs. Die jüngeren schlossen diesen Kreis und saßen genau gegenüber dem Oberhaupt. In der Mitte des Kreises befand sich eine kleine Feuerstelle, worauf der bittere und mit Kardamom gewürzte Kaffee endlos köchelte. Ein kleiner Junge schenkte das dunkle heiße Getränk in kleine Tassen ein; der Ausschank fing beim Scheich an, dann kamen die Älteren an seiner Seite dran, dann die Rangniedrigeren und zuletzt landete der Junge mit der Kaffeekanne bei den jüngsten Mitgliedern des Stammes. Rang und Alter der Stammesmitglieder werden üblicherweise bei allen Beduinen beachtet, auch bei der Kaffeezeremonie.

Draußen vor dem offenen Zelt saßen die Gefangenen, sie erhielten keinen Kaffee. Riman musterte den Grimmigen und flüsterte unvernehmlich vor sich hin: „Uns als Kameldiebe hierher zu schleppen ist die gröbste Beleidigung - Kamelraub war immer Grund für die heftigsten Kriege zwischen den Stämmen. Beleidigung und falsche Anklage werden mit Feldzügen bestraft. Hoffentlich wird es nicht so weit kommen! Abu Dabb'aa, Vater der Hyäne, dieser Name passt wirklich zu dir!"

Scheich Bilal, der im Zelt an seiner Kaffeetasse nippte, hatte vor einigen Jahren ein zweites bedeutendes Amt innerhalb seines Stammes übernommen. Er ersetzte seitdem seinen alten Vater, den altersschwachen Richter, den einstigen Kadi der Bidyan, den Ankläger der Bösen und Beschützer der zu Unrecht Beklagten.

Die vier Jugendlichen warteten gespannt auf die bevorstehende Verhandlung und hofften, dass der Kadi ein gerechter Mann war, und auch, dass er sie von diesem schrecklichen Verdacht befreien würde.

Sie hörten Abu Dabb'aa boshaft lachen und sagen: „Sie werden staunen, wie du ...", schlagartig unterbrach er sich an dieser Stelle, da er den strengen Blick des Kadis auf sich persönlich gerichtet fühlte.

Nach der Kaffeezeremonie wandte sich der Kadi Scheich Bilal den Verdächtigen zu.

„Ich, Scheich Bilal, Oberhaupt und Kadi der Bidyan, werde heute Morgen die Wahrheit über Schuld und Unschuld erfahren. Zu diesem Zweck wird mir mein treuer Gefährte, mein Hengst, Hilfe leisten. Er hat sagenhafte Kräfte, die mir schon mehrfach nützlich waren. Dieses zauberhafte Pferd hat die Gabe zu sprechen! Ich habe oft bei ihm einen klugen Rat eingeholt."

„Was geht hier vor?"
„Hältst Du uns fest wegen Zauberei?"
„Schwindel!"
„Bist du der Diener der Ghula?"
Die vier Freunde schimpften aufgeregt, die anderen Gefangenen blickten erschrocken auf.

„Seid still! Scheich Bilal hat noch nicht zu Ende gesprochen!", fauchte der grimmige Abu Dabb'aa die Jugendlichen an und gab dem Kadi ein Handzeichen fortzufahren.

„Jeder Verdächtige wird einzeln dem Pferd vorgeführt.

Er muss die lange Mähne mit der rechten Hand streicheln. Mein Hengst kann jeden Menschen spüren, der ihn berührt, und er kann seine Gedanken erkennen und verstehen. Das intelligente Tier wird überdies dreimal wiehern, wenn er den Dieb aufgespürt hat!"
Es herrschte großes Misstrauen und Bedenken bei den Gefangenen. Einige Bidyan setzten eine ernste, andere eine nichtssagende oder sogar eine gelangweilte Miene auf.

„Wir lassen uns nicht mit närrischen Methoden einschüchtern!", platze Riman mit der Sprache heraus. Die verunsicherten Gefangenen murmelten vor sich her.

Ein junger Mann führte den wundervollsten Araberhengst, den Riman und seine Freunde je gesehen hatten, in das Zelt hinein. Alle Bidyan, auch der Kadi, mussten nun das Zelt verlassen. Damit die ungewöhnliche Gerichtverhandlung beginnen konnte, wurde die vordere Stoffbahn des Zeltes heruntergezogen, um den Innenraum des Zeltes zu verbergen.

Der Grimmige führte jeden Gefangenen einzeln in das Zelt hinein, genau dorthin, wo der Schimmel majestätisch, erhaben und friedlich stand. „Wehret euch nicht, sonst bekommt ihr seine Hufen zu spüren", warnte er mürrisch. Derjenige, der mit dem Tier alleine verweilte, musste einige Momente ausharren, bis man ihn aus dem Zelt herausholte, um anschließend den nächsten Gefangenen einzulassen. Man begann der Reihe nach mit den ersten fünf erwachsenen Gefangenen.

Das Pferd wieherte nicht ein einziges Mal!

Das beunruhigte und entmutigte die jungen wartenden Sukkeir. „Es wurde bisher kein Dieb entlarvt! Das bedeutet: Die Bidyan wollen uns für den Raub verantwortlich machen, falls diese faule Geschichte überhaupt stimmt!", flüsterte Abdallah seinen Freunden zu.

„Was sollen wir tun?", fragte Badder besorgt. „Soll der Schimmel unsere Gedanken erfassen? Vielleicht versteht er uns besser als diese verrückte Narren! Ich werde ihm gleich eine ordentliche Streicheleinheit geben", sagte Qassiem.

„Ruhe!", schrie der Grimmige laut.

Nun kamen sie an die Reihe. Abdallah, Badder, dann Qassiem und Riman als Letzter.

Im Zelt stand Riman vor dem Hengst und hatte große Angst. Der Schimmel hatte bei allen anderen keinen Ton von sich gegeben. Skeptisch meinte er, dass die Bidyan ihm jetzt einen bösen Streich spielen wollten. Er klammerte sich mit festem Griff an seinen schützenden Talisman, die Adlerfeder, die er heimlich unter seinem Hemd trug. Dann betrachtete er das anmutige weiße Tier genauer. Er musterte die großen schwarzen Mandelaugen, den grazilen Körperbau, seine feinen Glieder und die schöne lange, gekämmte Mähne, die mit bunten kleinen Perlen aus Achat, Amber, Malachit, Türkis, Meereskoralle und elfenbeinweißen Kaurischnecken vom entfernten Meer geschmückt war. Das Tier duftete nach Wohlgerüchen, die auf eine besondere Fellpflege schließen ließen. Welch ästhetisches Wesen!

Riman hatte ein starkes Bedürfnis, diese bezaubernde Kreatur zu streicheln. Das tat er auch sehr sanft. Das Pferd drehte seinen Kopf zu ihm und blickte ihn musternd an, schüttelte sich und nickte mehrmals wohlwollend. Rimans Angst verging! Als er diese freundliche Geste begriff, verließ er das Zelt erleichtert und scherzend, indem er diese Gerichtsmethode des Kadis ironisch lobte. Denn damit konnte endlich bewiesen werden, dass alle unschuldig waren! Das Pferd hatte keinen Laut von sich gegeben, es hatte stattdessen nur wohlwollend genickt, weil anscheinend alle vom Anblick entzückt waren.

„Das Gericht ist noch nicht beendet, und wir kommen jetzt zum zweiten und letzten Teil der Verhandlung", sagte der Kadi ernsthaft und ging zu seinem Pferd in das Zelt hinein.

„Die Narretei geht weiter und es werden wieder neue Spielregeln erfunden! Liebes Pferdchen, sprich doch endlich!", kritisierte Abdallah schrill. Dennoch lauschten alle Gefangenen aufmerksam.

Nach einer Weile kam der Kadi wieder heraus und verlangte noch eine weitere absurde Untersuchung.

„Jeder Gefangene wird jetzt seine rechte Hand ausstrecken. Meine Männer werden sich jede Hand einzeln ansehen!"

Die Gruppe musste gehorchen, und sie staunte nicht schlecht, als die Bidyan jede Hand behutsam begutachteten und nicht nur das, sondern auch mit ihren Nasen argwöhnisch beschnupperten! Dann liefen sie zu ihrem Kadi und flüsterten ihm gewichtig ins Ohr. Nach einer unerwarteten Aufforderung des Kadis zog der Grimmige einen Mann mittleren Alters aus der Reihe der Gefangenen hervor, der teilweise mit abgenutzten und teilweise mit neuen und seidenen Stoffen bekleidet war.

„Dieser Mann ist der Kameldieb!", rief der Kadi triumphierend.

Der Beschuldigte versuchte erfolglos, sich aus dem starken Griff des Grimmigen zu befreien. „Was kann dir ein Pferd erzählen! Nichts! Gar nichts! Das Pferd hat nicht gewiehert, als ich bei ihm war. Ich bin genauso unschuldig wie die anderen! Was lässt dich daran zweifeln?", tadelte der überführte Mann mit hochnäsiger Miene und frecher Stimme.

„Du als Einziger hast, aus Angst enttarnt zu werden, mein Pferd nicht berührt!", antwortete der Kadi und fuhr fort. „Vor der Verhandlung habe ich seine Mähne mit stark duftendem Pfefferminzöl eingerieben, mit dem Wissen, dass derjenige Schuft, der nicht entlarvt werden möchte, meinen treuen Vierbeiner nicht berühren wird. Wie vorhergesehen, deine Hand ist die Einzige, die nicht nach den Wohlgerüchen der marmornen und gekachelten Heilbäder der fernen Städte duftet, mit ihren vergoldeten Wasserhähnen und azurblauen sprudelnden Wasserbecken!"

Der Räuber gab den Versuch auf, sich zu befreien und erkannte die meisterhaften Fähigkeiten des talentierten Kadis, welcher die Wahrheit an den Tag gebracht hatte. Er begriff, dass es nutzlos war, sich zu wehren und brüllte vor Zorn, fluchte laut und böse.

Die anderen Gefangenen wurden vom Kadi freigesprochen. Sie waren sprachlos und bewunderten den Kadi und seine findige Methode. Das Erlebnis dieses Tages ließ sie die beleidigende Anschuldigung vergessen. Sie hörten mit Gefallen, wie der Räuber die Tat zugab und wie er versprach, das Versteck der geraubten vierzig Kamele preiszugeben. Sie hörten im Rausche des allgemeinen Trubels, wie der grimmige Abu Dabb'aa laut vor Freude sang, schließlich würde er seine geraubte kostbare Herde bald wieder zurückbekommen!

Zum ersten Mal sahen Riman und seine Freunde den Grimmigen mit einem breiten frohen Grinsen, einer Mimik, die gar nicht zu ihm passte.

Dem Räuber wurde aufgetragen, zusätzlich zu den vierzig Kamelen eine Entschädigung als Zeichen der Wiedergutmachung herbeizuschaffen.

„Meine Männer und ich werden dich begleiten, denn sonst entwischst du mir noch, du erbärmlicher Beutelschneider!", sagte Abu Dabb'aa streng zum Kameldieb.

So löste der Scheich der Bidyan, der zugleich deren Kadi war, den Fall ohne die übliche kriegerische Fehde, die sonst unter solchen Umständen zustande gekommen wäre.

13

Die Zusammenkunft

Der hoch zufriedene Kadi, Scheich Bilal, wandte sich den zu Unrecht beschuldigten Männern und Jugendlichen zu und lud sie ein, seine Ehrengäste zu sein.

„Nehmt den Ehrenplatz an meiner Seite ein und trinkt mit mir den guten würzigen Kaffee. Ich werde zu euren Ehren von den fleißigen Händen unserer Frauen ein Festmahl vorbereiten lassen. Ihr könnt bei uns wohnen, solange es euch beliebt!"

Man führte das schöne Vollblut fort, dann setzten sich alle im Zelt um das Feuer herum und tranken das gewürzte Getränk. Die Kaffeezeremonie sollte die wiederhergestellte Freundschaft und den Frieden unter den Stämmen der Anwesenden symbolisieren.

Während die Bidyan und ihre Gäste den dampfenden Kaffee aus versilberten und mit unlesbaren Zauberformeln verzierten Bronzebechern schlürften, erspähten sie einen Reitertrupp in Begleitung eines Hundes, der sich dem Zeltlager der Bidyan näherte. Die Ankömmlinge waren Al-Dschawal und seine Begleiter, der Suchtrupp für die vermissten Sukkeir. Scheich

Bilal hieß sie willkommen, nachdem er wahrgenommen hatte, wie seine jungen Gäste die Neuankömmlinge erkannten und herzlich begrüßten. Die Freude des Wiedersehens war sehr groß.

Al-Dschawal beabsichtigte zuerst, die vier Jungen zu tadeln. Zumindest tat er das in Gedanken: „Zeremoniell feiern, oh wie heiter! Ohne Nachricht von zu Hause wegbleiben, noch amüsanter! Suchen kann man diese vergnügte unvernünftige Bande auch noch."

Nachdem man ihm alle Geschehnisse berichtet hatte, amüsierte er sich köstlich. Am meisten bewunderte er das kluge Vorgehen von Scheich Bilal in der Rolle als Kadi. Er konnte darüber nur herzhaft lachen. Über die Sorgen, dass die Jungen in der vergangenen Nacht nicht nach Hause gekommen waren, war er nach dieser Kunde nicht mehr betrübt. Schließlich ging es allen sehr gut und sie wurden von ihren Gastgebern verwöhnt, das Geschehene war zudem eine gute Lektion. Es wurde zusammen gefeiert und gespeist.

Dass die Bidyan ihre vierzig Kamele gefunden hatten, war von beträchtlicher Bedeutung. Kamele haben einen sehr großen Wert auf den Märkten, je mehr Kamele, desto reicher der Beduinenstamm. Riman freute sich sehr über seinen Hund Duneib, der den Suchtrupp zum Lager der Bidyan geführt hatte. Er lobte seinen segensreichen Spürsinn. Scheich Bilal entschuldigte sich vehement bei den Sukkeir, weil er sie des Kameldiebstahls verdächtigt hatte.

„Wir haben dadurch die Bekanntschaft mit einem herrlichen 'sprechenden Pferd' gemacht und auch neue Freunde gewonnen", lachten die Jungen und amüsierten sich über diese unvergessliche Erfahrung. Der Grimmige sah im Laufe des Tages immer freundlicher aus, sein groteskes Lächeln wurde immer breiter und breiter.

Am Nachmittag ritten die vier jungen Begleiter von Al-Dschawal - Nimr, Leith, Mussa und Suleiman - zurück zum Stamm der Sukkeir, um die besorgten Mütter und um Scheich Salmaan zu beruhigen und um die gute Nachricht über das Wohlergehen von Riman und seinen Freunden zu bringen.

Die übrig gebliebene Gruppe - Al-Dschawal, die beiden Großväter Abu Saqer und Abu Seif, sowie die vier Freunde Riman, Abdallah, Qassiem und Badder mit ihren Kamelen und Duneib - verließen das Lager der Bidyan im Morgengrauen. Sie waren beladen mit Geschenken von Scheich Bilal, darunter auch Gaben für die besorgten Mütter der Vermissten. Scheich Bilal versprach, den überraschten Jungen ein Fohlen als Versöhnung zu schenken, dessen Geburt bald erwartet wurde, der Nachkomme des 'Sprechenden Hengstes'! Tatsächlich hielt er sein Versprechen auch, denn viele Monate später hüpfte und tänzelte ein kräftiges Fohlen im Lager der Sukkeir herum.

Von weitem rief ihnen Bilal zum Abschied hinterher. „Seid immer willkommen, meine Freunde, Allahu ma'kum, Gott sei mit euch".

Scheich Bilal schenkte Riman einen reich verzierten Silberbecher mit vielen eingravierten magischen Symbolen, die er seltsam fand und dessen filigranen Sinn er nicht enträtseln konnte. Riman schätzte sein persönliches Geschenk sehr.

Trinke aus meinem Becher das Wasser, das notwendig ist, dich und alle anderen Lebewesen lebendig zu halten!
Das Wasser in genau diesem, in meinem Becher, wird niemals versiegen.
Sei achtsam, denn der Inhalt dieses Kelches ist uns allen heilig und wird durch meinen Zauber beschützt! Er ist so bedeutend wie ein belebender Tautropfen auf trockener Erde.
Bedenke, der erfrischende Tau ist ein größerer Schatz als alle leblosen und kalten Prachtedelsteine auf der Welt.

14

Der Eifer der Neugierigen

Riman und seine Freunde, die immer noch von dem einen abenteuerlichen Gedanken besessen waren, wollten erst nach Umwegen zum Lager zurückkehren. Sie fragten Al-Dschawal um Erlaubnis, den restlichen Tag für ihr ursprüngliches Vorhaben zu nutzen. Sie versprachen, rechtzeitig zum Abend zurück zu sein.

„Was habt ihr denn noch vor? Habt ihr nicht genug erlebt?", fragte Al-Dschawal mit Verdruss. „Was soll ich euren Müttern erzählen? Sie hatten große Sorge, weil ihr nicht zurückgekommen seid. Wir haben uns eine ganze schlaflose Nacht die große Mühe gemacht, euch im Dunkeln zu suchen. Keiner von uns hat geschlafen". Die Großväter Abu Saqer und Abu Seif räusperten sich und waren genauso über die Jungen enttäuscht - endlich hat man sie gefunden, und schon planen sie erneut zu entwischen.

Die Jugendlichen konnten sich anfangs keine Begründung zusammenreimen, sie wollten den alten Männern nicht beichten, dass sie zu der geheimnisvollen Höhle reiten wollten. Schließlich war es Al-Dschawal, der sie vor dieser Höhle gewarnt hatte.

„Eigentlich möchten wir Heilkräuter sammeln und meine Tante beim Stamme der Tha'aliba besuchen." Abdallah dachte sich diese pfiffige Notlüge im letzten Moment aus. Al-Dschawal merkte, dass sie etwas im Schilde führten, und auch, dass sie es für sich behalten wollten. „Ach, die Jugend!", dachte er. Er wollte ihre Freiheit nicht einschränken; ein Beduine ist ein freier Mensch, aber er muss sich an gewisse Regeln halten und Verantwortung empfinden.

„Ach Herrje! Von mir aus, aber macht keine Dummheiten und seid bitte vor Sonnenuntergang bei euren Müttern! Duneib nehme ich vorsichtshalber mit, wer weiß! Ich hoffe, wir müssen euch nicht wieder suchen! Die Geschenke braucht ihr auch nicht herumzuschleppen, sie sind viel sicherer in unseren Satteltaschen." Al-Dschawal und die Großväter brummten unzufrieden vor sich her.

„Wir haben genügend Verpflegung von Scheich Bilal bekommen, damit kommen wir heute gut aus", sagte Badder entschieden.

„Also gut, wir Männer haben wichtigere Aufgaben zu erledigen, wir müssen zurück zu unseren Kamelherden und sie hüten, bevor sie von herumstreunenden Räubern gestohlen werden, die die Sprache plappernder Hengste schwachsinnigerweise nicht verstehen können", sagte Al-Dschawal spöttisch.

Die Wege der Alten und der Jungen trennten sich bald darauf. Die Jugendlichen waren weiterhin von Neugier gefesselt und so zogen sie erneut zum lockenden Tal des Fluches. Als sie dort ankamen, beeilten sie sich und begannen mit vereinten Kräften, die Öffnung der Höhle von den dicht aneinander gereihten und übereinander geschichteten Steinen und Blöcken zu befreien. Sie wollten die Zeit ausnutzen, die ihnen vom erlebnisreichen Tag geblieben war. Währenddessen weideten die Kamele langsam und behaglich in ihrer Nähe und ließen sich die Wüstensträucher am Rande des Wadis schmecken.

Endlich öffnete sich eine Lücke, eine kleine Öffnung, die zwar niedrig war, aber groß genug, um gebückt in die Höhle zu gelangen. Der Wüstenginster, der vor der Höhle wuchs, zerkratzte die eifrigen Jungen, aber sie bemerkten das nicht einmal. Vor der Höhle fachten sie ein kleines Feuerchen aus trockenen Ästen an, die sie verstreut liegend im Talboden gefunden hatten. Die qualmenden Hölzer warfen sie in die dunkle Öffnung, um Schlangen und andere gefährliche Kriechtiere hinaus zu treiben.

Sie warteten vorsichtshalber einige Augenblicke, für den Fall, dass irgendwelche ungeheuerlichen Kreaturen oder - wahrscheinlicher - ganz normale irdische Lebewesen an die frische Luft kommen würden. Sie duckten sich hinter die Sträucher und ließen sich etwas Zeit. Als sie sich sicher fühlten, fächerten sie frische Atemluft in die Höhle hinein. Danach erweiterten sie die Öffnung, indem sie einige größere Blöcke gemeinsam wegtrugen, bis sie groß genug war, um zwei der Jungen gebückt durchschlüpfen zu lassen.

Ein vorsichtiger Blick hinein ließ nur den vorderen Bereich der Höhle und die hohe und gewölbte vordere Höhlendecke erkennen. Der Boden war sandig, genauso wie in allen Höhlen der Gegend. Der hintere Abschnitt lag völlig im Dunkeln, sie konnten die Tiefe somit nicht erfassen.

„Die Höhle sieht genauso aus wie jede andere, lasst uns endlich hinein gehen", äußerte Abdallah mutig.
„Ich bleibe lieber hier draußen und werde Wache halten", beschloss Qassiem besonnen, „die Höhle wurde bestimmt nicht umsonst zugemauert. Genügt es nicht, nur einen kurzen Blick hineinzuwerfen?"

Abdallah ließ sich nicht beirren und kroch mit langsamen und vorsichtigen Bewegungen hinein, ihm folgten Riman und Badder.

„Dort wo ihr gerade steht, wird es langsam dunkler, wenn ihr weiter voran geht, kann ich euch von hier draußen nicht mehr sehen", warnte Qassiem.

„Schließt die Augen für kurze Zeit, so gewöhnt ihr euch an die Dunkelheit", empfahl Abdallah seinen Begleitern in der Höhle.

Als sich ihr Blickfeld erhellte, konnten sie an ihrer rechten Seite einen Gang feststellen, der wiederum im hinteren Bereich stockfinster wurde. Es gab Spuren an den Wänden des Korridors, viele sonderbare Formen, die von Hand und einer Art Meißel in den Stein eingeritzt worden waren.

„Qassiem, bring' eine Fackel her, wir müssen herausfinden, was sich hinter diesem Gang befindet, schnell", hallte Rimans Stimme durch die Wölbung der Höhle zum Ausgang hinaus.

„Komm und hole sie selber, ich bleibe hier!", kam die trotzige Antwort von draußen.

„Beeile dich Qassiem, zünde ein Bündel trockener Äste an! Mach schnell! Wir müssen durch den Gang", rief Abdallah ungeduldig.

Qassiem zögerte etwas, dann brachte er zu guter Letzt eine Fackel in die Höhle. Er zitterte, und auch die anderen begannen, sich allmählich unheimlich zu fühlen. Da das Licht sie blendete, hob Qassiem die Fackel und hielt sie ständig in die Höhe. Die warmen Lichtstrahlen zerstreuten sich in der Höhle und entlang der steilen Wände des Tunnels.

Plötzlich erspähten sie eine massive Steintür am Ende des Gangs. Diese Tür stand halboffen und sah unbeweglich schwer aus, sie hing schief in ihrer Verankerung und versank teils im sandigen Untergrund. Die Dicke dieser schweren Steintür betrug mehr als zwei offene Handbreiten. Die Jungen näherten sich ihr und bemerkten im Schattenspiel des Lichtscheins eine kleine rechteckige Kammer, die sich dahinter verbarg.

Vier verblüffte Gesichter mit weit aufgerissenen Augen starrten in die Kammer. Beim Anblick einer zuerst schemenhaften Erscheinung erschraken sie. Damit hatten sie wirklich nicht gerechnet! An der Wand gegenüber stand eine aufrechte Gestalt, den Blick auf die Tür gerichtet, dort wo die Jungen wie versteinert sich nicht vom Fleck rühren konnten.

„Oh Allmächtiger!"
„Al-Ghul in Person, welch böser Anblick!"

Die Jungen schrien durcheinander, der erste Eindruck von etwas Undefinierbarem wurde ihnen bewusst, etwas Fremdes in einer dunklen, mysteriösen Höhle, das sie im Nu aus der Fassung brachte.

15

Das Geheimnis der Höhle

„Al-Ghula!" „Al-Ghul!", hieß es zunächst in mehreren Tonlagen. Die Gestalt starrte mit leblosem Blick genau in ihre Richtung.

„Abdallah, was machst du? Oh Allmächtiger, geh nicht hinein", rief Qassiem verängstigt, „sie lockt dich näher in den Raum!"

„Von wegen Al-Ghul, wir sind nicht verwunschen, nicht in Stein verwandelt, wir sind doch lebendiger denn je! Wenn wir schon hier sind, dann können wir der Sache auch endlich auf den Grund gehen!", bebte Abdallahs Stimme zurück.

Einigermaßen mutig schlichen sie ihm nach. Riman hatte währenddessen seine Augen gesenkt, um bloß nicht zu Stein zu erstarren. Seit er vor diesem Tal gewarnt worden war, erinnerte er sich der Worte von Al-Dschawal. Er griff in seine Tasche nach seinem Talisman. Sie standen in der Kammer vor einer menschengroßen Figur. Abdallah schaute genau hin und begriff blitzartig, dass es sich um eine Statue aus Stein handelte. Er berührte die kalte Figur, um sich seiner Wahrnehmung zu versichern und sein Entsetzen zu mildern.

„Ihr braucht nicht ängstlich zu sein, es ist nur eine

Steinfigur", sagte Abdallah schnell.

„Arme Seele", sprach Riman.

„Welche Seele meinst du?", flüsterte Qassiem ängstlich.

„Oh, arme Mitleid erregende Seele, eine steinerne Gestalt, ein Opfer der bösen Al-Ghul!", erwiderte Riman.

„Stimmt, ein Opfer, schnell weg hier!", echote Qassiem, ihm steckte der Schreck noch in den Knochen.

„Ihr träumt wohl! Das ist doch nur eine Statue!", erklärte Abdallah. „Solche Statuen hat mein Vater im Gebiet der Tha'aliba besichtigt. Die Figuren stehen unter freiem Himmel halb im Sandboden versunken. In deren Nähe findet man

Reste von einer alten steinernen, mit Säulenresten verzierten Behausung. Er hat mir davon erzählt. Diese Statuen sind wie die Zeichnungen in den Tälern, Spuren von Vorfahren aus der Vergangenheit. Ich war bei den Tha'aliba, um meine Tante zu besuchen. Wie ihr wisst, hat sie einen Tha'aliba geheiratet, sie lebt dort vergnügt. Einmal müssen wir gemeinsam hin, dann kann ihr Stamm uns zu diesen Überresten aus vergangenen Zeiten führen. Vor langer Zeit wohnten Menschen unter Dächern, die von Steinsäulen getragen wurden. Wer in einem Steinhaus lebt, kann nicht der Ahne eines Beduinen sein! Demzufolge war es eine uralte sesshafte Kultur."

Die Jugendlichen wurden ruhiger und nachdenklicher, ihre Angst verflog bald, ihre Augen blickten klarer, sie betrachteten die Statue und ihren Zustand und wunderten sich über ihre Formen.

„Die Figur sieht sehr menschlich aus, die Gesichtsformen sind weich, sie muss einen jungen Menschen darstellen. Ich erkenne keine Haarsträhnen; ist sie weiblich oder männlich?", fragte Badder.

„Sie ist männlich. Betrachte doch die Formen der muskulösen Brust", sagte Qassiem frech und alle kicherten über diese Erkenntnis.

„Seltsame Kopfbedeckung", beobachtete Riman, „es

sitzt bequem ein steinerner Falke auf dem Kopf. Dann der Schlangenkopf daneben! Die Hände hält die Figur gekreuzt über der Brust".

„Beide Hände halten sonderbare Stäbe, wozu sollten sie dienen?", rätselte Abdallah.

Sie berührten die Oberfläche des geformten Steins und stellten fest, dass die Figur nicht aus Sandstein gebildet war. Das Gestein war ihnen fremd, es existierte in ihrer Gegend nicht. Es war sehr hart, seine Farbe war rot mit vielen schimmernden mineralischen Einschlüssen. Die Jungen schwitzten bei dem Gedanken, ein solch hartes Gestein schleifen zu müssen.

„Es scheint kostbar zu sein, vielleicht sind winzige Edelsteine im Stein eingeschlossen, sie schillern im Licht der

Fackel", sagte Riman.

„Ihr vergesst, wo wir uns befinden", behauptete Badder, „die ganze Zeit habe ich innerlich gefleht, dass uns nichts passiert. Wir haben jetzt alles gesehen und können wieder weggehen. Wollt Ihr etwa Freundschaft mit einem Stein schließen? Wer weiß, vielleicht erwartet uns noch Unheil. Lasst uns bloß diese Höhle verlassen, das Tal trägt schließlich einen unheimlichen Namen! Ein Fluch liegt darüber, habt ihr das vergessen?"

Qassiem war derselben Meinung und wollte sich Badder anschließen. Stattdessen musste er schimpfend mehr Licht von der Feuerstelle draußen besorgen. Als er wieder in die Kammer zurückkam, hielt er das Licht etwas gesenkt zur Seite, um den ganzen Raum besser untersuchen zu können. Zu ihrem Erstaunen erkannten sie noch etwas anderes auf dem Boden, genau vor der Statue. Es war ein flach behauener Steinblock, der sehr dick war. Er schien sehr schwer zu sein. Der Block war lang und rechteckig, er war an einer Kante gespalten und abgebrochen. Das Bruchstück lag noch in seiner ursprünglichen Lage.

„Das ist ein Steindeckel. Helft mir, die Steinplatte weg zuschieben", befahl Abdallah.

„Kommt nicht in Frage, das wird noch unheimlicher, vielleicht versteckt sich das Reich der Ghuls und der Dschins unter der Steinplatte", sagte Badder.

Neugierig packten sie dann doch alle gemeinsam an und schoben ächzend und keuchend mit all ihren geballten Kräften. Es half nichts, die Platte hatte ein gewaltiges Gewicht. Dann versuchten sie, den gebrochenen Teil vom Hauptstück zu trennen und zu heben. Diesmal hatten sie mehr Glück. Qassiem senkte die Fackel herab und alle blickten in ein dunkles Loch.

„Die Fackel, komm näher!", befahl Abdallah.

Die vier Jugendlichen waren außer Atem, das Blut pulsierte heftig in ihren Adern. Große Stille herrschte im Raum, keiner sagte etwas! Man erkannte ein Gesicht, das nicht aus Stein, sondern aus purem Gold geformt war. Das Antlitz hatte das gleiche Aussehen wie die aufrecht stehende Statue, auch die gleiche Kopfbedeckung. Der Körper befand sich im Hohlraum unter der restlichen Platte, die wegen ihres Gewichts nicht verschiebbar war.

Riman und seine Freunde legten den Brocken wieder auf seinen Platz zurück, dann zogen sie sich mit Ehrfurcht zurück. Sie verließen die Höhle mit weichen Knien, ohne ein Wort von sich zu geben. Sie konnten kaum glauben, was sie unter der Platte gesehen hatten.

Abdallah fing an, die Steine und die Brocken am Höhleneingang zu sammeln, um die Höhle pflichtbewusst zuzumauern. Riman und die anderen halfen ihm dabei stumm, bis die Öffnung wieder ganz verschlossen war. Riman brach die angespannte Stimmung und bemerkte:

„Al-Dschawal darf von unserem Besuch in der Höhle nichts erfahren." Alle außer Abdallah nickten.

„War Hamdan, der alte Freund von Al-Dschawal, auch in der Höhle? Hat er die Platte gebrochen und die liegende Goldfigur gesehen? Ich habe so viele Fragen! Ich will lieber die Wahrheit erfahren, besser als zu schweigen! Warum hatte Hamdan Angst, und wovor? Warum benannte man das Tal um, in das 'Tal des Fluches'? Warum nahm er das Gold nicht mit? Er wäre ein reicher Mann geworden; stattdessen mauerte er die Höhle zu - sehr merkwürdig!"

Sie klammerten sich an ihren Kamelen fest und galoppierten rasch ihrem Zeltlager entgegen.

Wer sich besser aufs Spekulieren versteht,
kommt der Wahrheit näher!

III. Die Motivation

16

Ein Leckerbissen

Riman und seine Freunde wurden von Alt und Jung umzingelt, als sie heil im Lager ankamen. Die Lagerbewohner wollten die Geschichte vom 'sprechenden Pferd' noch einmal persönlich von ihnen erzählt bekommen. Es ging heiter zu, alle versammelten sich beim Oberhaupt Scheich Salmaan. Die ausgeruhten Mütter der zurückgekehrten kühnen Abenteurer bereiteten das Abendessen vor. Der Suchtrupp schloss sich ebenso an und alle saßen alsdann beieinander um die große Feuerstelle. Die Geschenke vom Scheich der Bidyan wurden ausgeteilt und wohlwollend und dankbar bewundert. Es wurde erzählt, gesungen, und man genoss die zubereitete warme Mahlzeit. Man verzehrte die Jagdbeute des Tages, dazu gab es frischen Ziegenjoghurt.

Nach dem Schmaus fingen die vier Jugendlichen an, unaufhörlich miteinander zu flüstern. Al-Dschawal saß Ihnen gegenüber und beäugte sie, er versuchte etwas von ihrem leisen Dialog zu erhaschen. Er beugte sich vor, blickte konzentriert auf ihre sich bewegenden Lippen, er spitzte seine Ohren, aber all das ohne jeglichen Erfolg. Er spürte die Ernsthaftigkeit der Debatte. Die Stimmen der anderen, die um das Lagerfeuer saßen, übertönten ihr Flüstern. Abdallah blickte kurz auf, seine Augen trafen die des Alten, was die Jungen veranlasste, noch vorsichtiger zu werden. Sie steckten ihre Köpfe näher zusammen und hörten kurz danach mit ihrer leisen und temperamentvollen Besprechung auf.

Dies wiederum ärgerte Al-Dschawal, er hätte am liebsten erfahren, welche Geheimnisse sie austauschten und was sie überhaupt in die Landschaft getrieben hatte. Sie brachten kein Sammelgut mit sich heim, keine Kräuter, keine Brennmaterialien und sie hatten nichts gejagt. Die letzten Stunden ihres Ausfluges trafen sie niemanden unterwegs an und besuchten keine labende Wasserstelle. Es kam ihm sehr merkwürdig vor, sein Instinkt hatte es vermutlich erraten, aber er wollte nun mal sicher sein. Er kniff seine alten Augen zusammen, ein von ihm bekannter Ausdruck, wenn seine messerscharfen Gedanken aktiv wurden.

Inzwischen schwang eine Frau einen Sack in die Runde und band ihn auf, dabei rief sie die versammelte Gesellschaft herbei.

„Ein Leckerbissen für alle, lasst uns naschen". Die Bedu freuten sich über den Inhalt des großen Beutels, jeder nahm sich eine Handvoll und röstete das Naschwerk über den lodernden Flammen in ihrer Mitte.

„Wann habt ihr denn diese Heuschrecken aufgesammelt?", fragte Qassiem seine Mutter.

„Heute Morgen flog ein Schwarm über unsere Zelte, wie so oft zu dieser Jahreszeit. Als wir sie sahen, stürzten wir aus allen Richtungen auf sie los. Wir konnten eine große Menge sammeln. Heute naschen wir einen Teil und den getrockneten Rest zermahlen wir zu Mehl, eine Bereicherung für unsere Küche".

„Ich habe heute keine einzige Heuschrecke fliegen sehen", sagte Badder.

„Ja, Ja! Sie flogen gen Westen! Dahin, wo sie zur großen Plage der Bauern werden!", erwiderte der alte Al-Dschawal frech, „Ihr seid ja heute sicherlich in anderen Gefilden untergetaucht!" Diese Ironie kam sehr deutlich bei den kecken Jungen an, ja, dort wo sie hingehören sollte!

Unbeirrt dieser Worte knabberte die gemütliche Gemeinschaft die willkommene Delikatesse. Dabei kehrte Ruhe in manches aufgeregte Gemüt ein, und trotz der tiefen Dunkelheit in dieser Nacht war es im warmen Licht des Feuers der gemütlichste und behaglichste Ort auf dieser Erde.

17

Der Emir und der Nektarvogel

Die nächsten Tage waren für Riman erfüllt mit den gewohnten Pflichten. Erst als er sich mit seinen Freunden an der Wasserquelle traf, konnten sie unbeobachtet über die Entdeckung in der Höhle sprechen. Kein Raten und kein Rätseln half ihnen; sie ahnten, dass Al-Dschawal darüber gut Bescheid wusste. Sie fanden ihn nicht besonders fair, weil er sie nicht über die Wahrheit aufklärte. Sicherlich war sein alter Freund Hamdan damals Al-Ghula niemals begegnet! Er musste in der Höhle selbst gewesen sein! Vielleicht war er noch nicht mal der einzige Mensch, der die kleine Höhlenkammer entdeckt hatte!

Es widerstrebte ihnen, Al-Dschawal zu fragen. Beim letzten Abendmahl hatte der Alte ihnen allzu kritische Blicke zugeworfen. Die Höhle und ihre fest zugemauerte Öffnung; die Umbenennung des Tals des Schakals in das Tal des Fluches; das versteckte Kämmerchen in der Höhle; die Statue an der Rückwand; die Grube und die Goldmaske! All dies wirbelte und sauste ihnen durch ihre Köpfe. Jedes Mal, wenn sie Al-Dschawal erblickten, machten sie einen großen Bogen um ihn, was dieser wehmütig und mit vorgespielter Gelassenheit bemerkte.

Gerne hätte Riman seinen Vater ausgefragt, der immer Auskunft geben konnte - wäre er doch nicht so weit weg! Wie schade! Sein Vater hatte sonst immer viel Zeit für ihn übrig, besonders wenn ihn etwas bekümmerte. Mit seiner Mutter wollte er das Thema nicht erörtern, sie würde sich noch einmal Sorgen machen und das wollte er nicht. Seine Schwestern würden nur darüber tratschen und sich über ihn lustig machen, dies war nicht in seinem Sinne. Also erzählte er den Mädchen nichts über die geheimnisvolle Entdeckung. Es blieb ihm und seinen Freunden, die sich ähnlich fühlten, nichts anderes übrig als zu schweigen.

* * *

Riman konnte nicht einschlafen, er dämmerte vor sich hin. Er beobachtete den Sternenhimmel und hörte einen Schakal in der Nähe rufen. Duneib bellte einmal laut auf und dann wurde er wieder still. Schließlich übermannte ein tiefer Schlaf den erschöpften Jugendlichen.

Dann geschah es wieder!

Er erwachte augenblicklich. Ein lautes Rascheln und Flattern riss ihn hoch und er warf die schützenden Decken von sich. Er stand auf und blickte zum Felsen vor dem Zelt und da sah er den silbrigen Schein des übergroßen Gefieders jenes himmlisch schönen Wesens. Jede einzelne Feder schimmerte hell auf in der dunklen Nacht und beleuchtete ihm den Weg hinaus aus dem Zelt.

Was für ein bezauberndes und herrliches Fabelwesen!

Plötzlich hatte Riman das überraschende Gefühl, dass er die Gedanken des Greifvogels, der rauschend auf dem Felsen landete, auf einmal verstehen konnte. Gedankenübertragung war ihm nicht bekannt, woher denn auch?

„Komm näher, mein Freund und lies!"
„Ich kann nicht lesen!"
„Lies und begreife!"

Wie sonderbar! Der Greifvogel meißelte mit seinem stählernen Schnabel eine Bilderschrift auf die Oberfläche des Felsens, auf dem er hoheitsvoll stand. Riman erschauderte! Er konnte sogar die Bedeutung der Bilderschrift entziffern. Er verstand die Bildersprache des phantastischen Vogels!

„Ein reicher Königssohn aus fernen Ländern reiste mit seiner

*großen Gefolgschaft.
Er segelte über das große Meer.
Er durchquerte die Wüsten.
Er ritt durch fremde Länder und Städte."*

„Warum denn?"

„Dieser Emir suchte seine schöne edle Braut!"

„Warum musste er sie suchen?"

*„Seine Auserwählte war die Schönste auf der ganzen Erde.
Ihre Augen so schwarz!
Ihre Lippen so rot!*

Mit ihrer Schönheit konnte keine andere sich messen.
Sie war für ihre Klugheit über alle Grenzen bekannt.
Ihre Dichtkünste so fein,
Ihr Rat so anregend!
Sie konnte sich darin mit den Männern messen.

Sie war die talentierteste Reiterin.
Ihre Flinkheit, auf das Pferd zu springen,
sich im Sattel zu wenden,
sie konnte sich darin mit den Männern messen.

Sie erlernte früh die edle Kampfkunst,
Ihre Fertigkeit das Schwert zu schwingen,
den Bogen zu ziehen,
sie konnte sich darin mit den Männern messen.

Sie war eine Edle unter ihresgleichen,
Ihr Hengst war so prächtig!
Ihre Kleider so prunkvoll!
mit all dieser Herrlichkeit und dieser Würde
konnte sich wirklich niemand messen!"

„Aber warum musste der Emir seine edle Braut suchen? Diese Edle unter ihresgleichen! Gehörte sie nicht dem Volke des Emirs an?"

„Geduld mein Freund, lass mich erst weiter erzählen!
Die Schöne ward von dem liebenswürdigen Emir begehrt,
er liebte sie über alles!
Leider ward sie ebenso von den bösen Mächten ersehnt!
Unglücklicherweise entführte sie ein böser Magier,
der der ärgste Feind des Emirs war!
Der Emir ward sehr bedrückt und machte es sich zur Lebensaufgabe, seine Liebste zu finden."

„Hat er sie wieder gefunden?"

„Vielleicht!"

„Warum erzählst du mir diese traurige Geschichte? Warum vielleicht?"

„Du suchst die Wahrheit. Du willst das Verborgene begreifen."

„Die Wahrheit, das Verborgene? Dann wiederum vielleicht? Was meinst du mit all dem?"

„Geduld, es geht weiter!

Die Braut des Emirs versuchte immerfort aus den Fängen des

Bösen zu fliehen.
Sie liebte ihren Prinzen überaus und wollte bei ihm sein.
Das ärgerte den Magier sehr.
Er ward wutentbrannt, Neid und Hass packten ihn.

Hass ist etwas sehr Schreckliches
und verursacht noch viel Schlimmeres.
Hass sollte man in dieser Welt abschaffen,
leider ist das unmöglich, so sehr wir das auch wünschen!

Die Wut über die Liebenden verdunkelte die Seele des Magiers immer mehr.
Also rächte er sich an den beiden.
Er verwünschte das Pärchen bis in alle Ewigkeit.
Seitdem sucht der Emir einen winzig kleinen Nektarvogel,
mit den schillernden Farben der Smaragde und Saphire und mit rot-goldenem Schnabel."

„Der arme Emir, die arme Braut! Warum sucht der Emir einen winzigen Vogel? Obwohl, was du mir erzählst, das ist alles nur ein Märchen!"

„Und der unglückliche Emir sucht sie seit Ewigkeiten,
er sucht sie bis zum heutigen Tage,
und das, mein Freund,

ist für mich kein Märchen!
Begreife,
hinter dieser Geschichte verbirgt sich eine Wahrheit."

„Warum antwortest du nicht auf meine Fragen? So hilf mir doch zu verstehen! Hat der böse Magier die schöne Braut in ein Vöglein verwandelt? Hat er auch den beklagenswerten Emir verwandelt?
Ich versuche die verborgene Wahrheit deiner fabelhaften Welt zu begreifen"!

„Aber, aber!
                in absehbarer Zeit
                              ist es so weit."

18

Die Rückkehr der Karawane

Die Tage und die Nächte vergingen, der Mond erschien langsam wieder und erhellte nachts die fröhlichen Gemüter. Riman wanderte am Tage oft in den Tälern, über die flache Ebene und auf den Klippen, er beobachtete die Tiere und die Pflanzen und erkannte den Sinn ihres Daseins immer mehr.

Die Antilopen und die Steinböcke waren nicht mehr bloß eine Nahrungsquelle, sie wurden in seinen Augen zu stolzen Geschöpfen erhoben.

Die Reptilien - auch die giftigen - glitten durch diese tote Felsenwelt und brachten Leben noch in die entferntesten Winkel. Die Raubtiere, ob Hyäne oder Leopard, waren von unterschiedlichstem Charakter, was sich in ihrer Körpersprache deutlich widerspiegelte.

Die tänzelnden und hüpfenden grazilen Gazellen feierten jeden neuen Tag.

Dort hinten schnatterten die kleinen Wüstenhühner unentwegt in der Nähe der Wasserquellen.

Ob Kleintier, ob Wüstenfuchs, Wüstenhase oder Großgetier, die Welt schien so herrlich schön und harmonisch unter dem azurblauen Himmel. Dort, wo hoch oben der korrrk-schreiende Rabe, der kreischende Geier oder der elegante

Adler unter der prallen Sonne schwebten.

Seid vorsichtig, liebes Kleingetier! Versteckt euch nur unter den Büschen, unter den Felsen, in eurem Bau!

Die Kräuter dufteten mal schön, andere stanken wie Aas, Dornen hier und da, die Farbnuancen der Sträucher variierend von bläulichgrün bis silbern. Dann die schattenspendende Akazie und ihre breitgefächerten Äste, ein Segen in der Landschaft!

Fliegen tobten über den trockenen Kameldung, bunte Käfer kullerten umher, eine Riesenhornisse suchte summend das Weite.

Riman fühlte sich wohl. Er spielte nahe der Wasserquelle auf seiner Flöte und beobachtete die kleinen winzigen Nektarvögel, die über den Büschen schwebten. Er verjagte einen riesengroßen Kolkraben, der über das Tal flog.

„Nur komm nicht zu nah, du verängstigst die winzigen Nektarvöglein, die sich am Honig und am Nektar laben".

Ob sie die Geschichte von der verhexten Prinzessin und vom traurigen Emir kennen? Wer weiß. Und ausnahmslos alle, ob Mensch, ob Tier, waren vergnügt.

Wer die Natur kennt und ihr lauscht, der kennt auch ihre Geräusche, Stimmen, Klänge und ihren Widerhall nur zu gut.

Der aufmerksame Riman hörte mit dem Flötenspielen auf, er vernahm entfernte Männerstimmen, gurgelnde Laute von Kamelen und das Trampeln, Rascheln und das Klappern einer großen beladenen Horde. Diese Töne kamen aus einer größeren Entfernung, aber sie hallten laut durch das ganze Tal. Das kann nicht die Herde sein, die Al-Dschawal hütet, dachte Riman, der Alte führte die Tiere gen Süden, außerdem klapperte es ordentlich, es hört sich nach vollbeladenen Kamelen an, mit vielen klirrenden Gegenständen!

Dann erhellte sich Rimans Miene: es ist eine Karawane, vielleicht sogar unsere eigene Karawane! Warte ab, dachte er, bleib ruhig, sonst ist die Enttäuschung größer, falls es nicht die Karawane der Sukkeir ist. Er rannte horchend in die Richtung und die Geräusche wurden immer lauter, das Trampeln kam immer näher. Kurz darauf hatte Riman allen Grund zu jubeln und zu jauchzen. Er erkannte seinen Vater, die Väter seiner Freunde sowie die anderen Männer seines Stammes. Die Eintreffenden schritten neben den müden Kamelen her. Rimans Freude war riesig.

Die Karawane schlug den Weg zur Wasserquelle ein, um die Tiere zur Tränke zu führen. Die Männer wollten sich vorab erfrischen und waschen, bevor sie zu ihren Familien schritten. Der Wüstenstaub haftete überall in ihrer Kleidung, an ihren

Händen und Gesichtern, in den Haaren, ja sogar an den Wimpern und den Augenbrauen. Die Haut der Männer war dunkler und trockener als sonst, die Augen gerötet und gereizt infolge der Sandstürme in den weiten, offenen und ungeschützten Ebenen.

Die Männer hatten Durst, sie erquickten sich, sobald sie bei der Wasserquelle ankamen. Sie machten eine lange Rast, um ihre Glieder, die ihnen überall wehtaten, auszuruhen. Die ganze lange Reise waren sie zu Fuß neben den bepackten Tieren marschiert, die ganze Strecke hin und zurück. Riman musste sich gedulden, da die Männer zu erschöpft waren, um mit dem Erzählen zu beginnen.

Allesamt kamen sie heil und gesund an, niemand hatte einen

Schaden erlitten, und das war sehr wichtig für die Familien. Der Handel und das Eintauschen der Waren auf den Märkten waren ihnen sehr gut gelungen. Ihre Waffen, die übermannsgroßen Lanzen, Dolche, Säbel, Pfeile und Bögen, brauchten keine Überfälle von räuberischen Nomaden abzuwehren, denn es lief alles gut ohne irgendwelche Zwischenfälle. Schließlich hatten die Sukkeir den Ruf, die stärksten Krieger der Gegend zu sein. Kein Räuber und kein Schmuggler wäre auf die Idee gekommen, sie anzugreifen. Ihre Waffen ließen sie auf Bestellung bei den besten Schmieden in den Städten herstellen. Mit starken Kriegern und deren guten Waffen mochte sich keine räuberische Bande anlegen.

Ihr Handelsgut war in Sicherheit und endlich im eigenen Stammesgebiet angelangt, wo es anschließend nach der Heimkehr abgeladen werden konnte.

Am Abend gab es anlässlich der Rückkehr der Karawane ein sehr großes Fest, alle feierten gemeinsam bei ihrem Oberhaupt Scheich Salmaan. Das Fest setzte sich viele Tage und viele Nächte fort.

19

Das Geheimnis ist bewahrt

Riman und sein Vater Hilal Bin Umayr hatten während des Trubels die Gelegenheit, sich zusammenzusetzen. Diesen Augenblick nutzte Riman, um offenherzig mit seinem Vater zu sprechen. Er berichtete über sein Abenteuer im Tal des Fluches. Sein Wissensdrang quälte ihn, er brauchte dringend eine Erklärung zu dieser geheimnisvollen Entdeckung, die er mit seinen Freunden im Tal des Fluches gemacht hatte.

Sein Vater Hilal hörte geduldig und gedankenvoll zu. Riman fing mit Al-Dschawals Geschichte an, über das in der Vergangenheit liegende Erlebnis von Hamdan. Er setzte seinen Bericht mit den neuesten Erfahrungen und den Entdeckungen in der Höhle fort und wie er und seine Freunde zu guter Letzt vor Schreck davonliefen.
Hilal merkte die Spannung in der Stimme seines Sohnes. Er spürte, wie sehr diese rätselhafte Angelegenheit den Jungen beschäftigte, sehr nachdenklich machte und ihn bedrängte. Leider gab es auf all die Fragen, die sein Junge stellte, gar keine Antworten. Er wusste selber nicht, was er von der ganzen Geschichte halten sollte. Die einzige Erklärung, die ihm logisch vorkam, war, dass es sich um versteckte Gegenstände aus der

Vergangenheit handeln müsse. Hilal ließ sich von seinem Sohn genauer beschreiben, was sich in der Kammer befand.

„Die längliche Bodengrube mit dem Steinblock darüber, das hört sich wie ein Grab an! So beerdigen die Städter ihre Toten", deutete Hilal.

„Ein Grab? Oh, wie schrecklich! Dann trifft uns doch noch der Fluch!", rief Riman erschrocken.

„Es ist trotzdem ungewöhnlich. Du sprichst von einem goldenen Körper", seufzte Hilal. „Es kann auch ein Versteck sein. Jemand hat - womöglich vor langer Zeit - dieses Gold in der Grube versteckt."

„Eine goldene Gestalt! Der goldene Körper ist so groß, wie ein lebendiger Mensch, er hat den Körperumfang eines Erwachsenen", sagte Riman.

„Mein Sohn, beruhige dich. Ich werde der Sache nachgehen. Ich muss mit Al-Dschawal darüber sprechen, vielleicht hat ihm damals Hamdan mehr berichtet", sprach Hilal.

„Nein. Erzähl ihm bitte nicht, dass wir dort waren!"

„Keine Bange, mein Sohn, ich werde es ihm niemals verraten. Ich werde mein Geschick nutzen, um aus ihm einiges herauszulocken", beruhigte ihn Hilal.

„Vater, warum haben die Sukkeir Angst vor diesem Tal?"

„Ich weiß nicht warum. Die Furcht vor diesem Tal wird uns von Generation zu Generation vererbt, und keiner von uns weiß, warum", antwortete sein Vater.

„Hamdan war damals bestimmt genauso neugierig wie wir, er muss in der Höhle gewesen sein", überlegte Riman.

„Das kann sein. Ich werde jetzt mit Al-Dschawal sprechen. Mal sehen, ob er etwas weiß oder ob er etwas verheimlicht. Wenn ja, dann gehört er zu den sogenannten weisen Auserwählten im Stamm - solche Gerüchte habe ich vernommen".

„Was ist denn ein weiser Auserwählter?", staunte Riman.

„Vermutlich ist er ein Geheimnisträger, wie viele seiner Vorfahren. Eine geheime Botschaft oder eine Kunde wird von einem Geheimnisträger gehütet und an seinen auserwählten Nachfolger weitergegeben. Die Botschaft wird im Stamm nicht weiterverbreitet, weil man glaubt, dass dieses Wissen zu unheimlich für die Allgemeinheit ist oder zu unverständlich. Der Auserwählte behält die Botschaft für sich. Sein Wissen dient ebenso zum Schutz der Stammesangehörigen, er muss mit ihr sehr klug und weise umgehen. Die Information, die der Geheimnisträger hütet, lebt beständig fort, also wird sie dem nächsten Geheimnisträger weitervererbt - und immer nur beim aktiven Geheimnisträger aufbewahrt", erklärte Hilal.

„Zum ersten Mal höre ich über Geheimnisträger im Dienste der Vorfahren und der Nachfahren, und das in einem Beduinenstamm!", staunte Riman skeptisch.

„Jedenfalls habe ich schon mal davon gehört. Natürlich

bin ich nicht sicher, ob Al-Dschawal diese Rolle innehat. Dein Bericht lässt mich so etwas vermuten. Diese Erkenntnis musst du trotzdem für Dich behalten, erzähl es bitte Keinem. Unser Zwiegespräch bleibt unter uns", äußerte sich Hilal.

„Ich war nicht alleine in der Höhle, meine Freunde haben das Recht, etwas über die Kammer zu erfahren", meckerte Riman.

„Hab Geduld, mein Sohn. Warte erst mal ab!" Hilal stand auf und ging.

„Vergiss bitte vor Aufregung nicht, morgen zur Stammesversammlung zu kommen!", rief er seinem Sohn noch zu.

„Was soll ich gleich bloß meinen Freunden erzählen? Oh je! Al-Dschawal, was bist du nur für ein Schelm. Du erzählst uns abschreckende Lügenmärchen über Hamdan, der angeblich Al-Ghula vor der Höhle getroffen haben sollte!", dachte Riman und war äußerst erbost darüber. Aufgewühlt und mürrisch lief er zu seinen Gefährten.

20

Die Geschichte vom verliebten Dschin

Die Nacht verlief unruhig für Riman, Albträume quälten sein Gemüt. Al-Dschawal erschien schemenhaft in seinen Träumen. Die nebelhaft verschwommene Gestalt vom Alten murmelte viele Dinge, die Riman nicht verstehen konnte. Die Schemen verblassten immerfort, während das widerhallende Echo seines Gemurmels immer greifbarer wurde. Sätze wiederholten sich, die magisch klangen, wie aus dem Munde einer reimenden Märchenerzählerin.

„Nein, mein Junge, ich bin es nicht! Nicht! Nicht!

Frage den Dschin, den Dschin, den Dschin!
Eile davon, eile g'schwind, g'schwind, g'schwind!
Der Dschin! Er gibt dir Kund, Kund, Kund!
Du kluges Menschenkind, Kind, Kind, Kind!

Nur du hörst ihn, nicht ich! Nicht ich, nicht ich!"

Immer wieder erwachte Riman und dämmerte vor sich hin. Noch in der gleichen Nacht flatterte erneut die fabelhafte Erscheinung vor das Zelt. Das rauschende Geräusch rüttelte

Riman auf, der sogleich hinauseilte. Genau wie beim letzten Mal erfasste er die stimmlosen Gedanken des Greifvogels.

„Komm näher mein Freund und lies!"

„Ich kann nicht lesen!"

*„Lies und begreife!
Keine Furcht, mein Freund!
Was du hier erfährst, das weißt nur du!"*

Der Greif plusterte sein Gefieder immer mehr auf, er schien immer voluminöser und mächtiger zu werden. Aus seinen Augen blitzte ein heller Strahl, ein nie da gewesenes Licht, ein Licht so stark wie ein Blitz. Sein gewaltiger silberner Hakenschnabel donnerte mit einem melodischen Getöse die Bilderschrift in den harten Stein. Der Donnerschlag dröhnte immer lauter und hallte ohrenbetäubend. Feiner Staub flog von der eingeschlagenen Stelle empor, ein Staub, der sich in edelsten Goldstaub verwandelte und so hell wie die winzigen Sternchen am Himmel leuchtete.

Riman fiel wie benommen rückwärts in den Sand, er beherrschte sich und stellte sich erneut vor den schallenden, klirrenden Felsen. Hastig warf er seinen Blick auf die sagenhafte Schrift, die sich über den Felsen mal vorwärts und mal rückwärts schlängelte. Der schreibende Vogel gravierte fieberhaft mit seinem massiven Schnabel die Botschaft in das Gestein.

„Warum die Eile?"

„Keine Furcht, mein Freund! Was du erlebst, das siehst nur du"!

„Hast du die Antworten auf meine Fragen?"

„Hab Geduld, mein Freund! Schärfe deine Sinne, die Antwort steht höchstpersönlich vor dir!"

„Höchstpersönlich? Bist du die Antwort auf meine Fragen? Ich verstehe immer noch nichts! Welch wundersamer Freund!"

„Ja, mein Freund, ich bin es leibhaftig! Lese und verstehe!

Vor langer, langer Zeit, da lebte ein Königssohn,
Emir HaDschin Dahab, so nannte man ihn.
Er lebte in einem Palast, tief unter der Erde,
Sieben Ebenen musst du heruntersteigen,

Sieben Labyrinthe auf jeder der Ebenen durchqueren.

Die Ziegel aus Edelmetallen geschmiedet.

Jede Ziegelreihe abwechselnd,

Einmal in Silber und einmal in Gold.

Die Fenster aus geschliffenem Edelstein,

Brillianten in allen prachtvollen Farben.

HaDschin Dahab war der Großmeister der Schmiedekünste,

Der Kundige,

Und der Großmeister des Steinschliffs.

Er war für seine edlen Werke allseits bekannt!

Sein Vater, der mächtige König mit sieben Söhnen,

Ihn zum einzigen Thronfolger ernannt',

Den einzig ruhmreichen Nachfolger,

Der ihn nach seinem Ableben vertreten soll.

Das war HaDschin Dahab, der Emir,

Der sich vermählen wollte

mit der Schönsten im ganzen Land,

und der Klügsten und Mutigsten weit und breit."

„Du meinst die Braut des Emirs, die Entführte und Verwunschene, das Vöglein? Meinst du etwa diese Geschichte?"

„Ja, mein Freund."

„Wie kann ein Palast tief unter der Erde gebaut werden?"

„Hab Geduld mein Freund.
Du stellst wieder reichlich Fragen,
lass mich deine anderen Fragen zuerst beantworten."

„Diese Schöne, das Allerliebste des Emirs, wie du weißt,
ward entführt und in den Händen des Magiers,
der sie verwunschen hatte,
verzaubert in einem winzigen Nektarvogel."

„Du erzähltest, dass der Magier beide verwunschen hat! Hatte der Magier den Emir auch in einen Vogel verwandelt? In einen Stein? In ein Sandkorn oder eine rauchige Wolke?"

„Das ist so wahr und so traurig!
Der Emir, wie du weißt, suchte seine edle Braut.
Er reiste weit und fand endlich den bösen Magier.
Der Magier verwandelte die Braut vor seinen Augen,
und der schmiedefertige Emir verwandelte
seinen eigenen Körper schnell in Gold,
um sich vor dem Magier zu schützen.
Die böse Magie war jedoch schneller
als die Kunstfertigkeit des Emirs.
Der Zauberer packte die Seele des Emirs
und hauchte seine Seele in einen Greif!"

„Ein Greifvogel? Aber auch ein Emir, der sich in Gold verwandelt? Das verstehe ich alles gar nicht."

„So ist es! Die Antwort steht höchstpersönlich vor dir!"

„Emir Hadschin Dahab steht vor mir? Ha-dschin? Dschin? Dahab? Gold? Der goldene Dschin? Oh! Oh ja! Du bist ein Dschin, der mit mir spricht! Ein sprechendes Tier kann nur aus der Welt der Dschins stammen! Diesen Gedanken habe ich dauernd unterdrückt. Man kann nichts Gutes von Dschins erwarten. Dennoch ist meine Erfahrung mit dir anders, du scheinst ein ganz freundlicher zu sein! Ein Dschin ist mein Freund! Niemand würde mir jemals glauben!"

„Dschin, so werde ich von den Menschen genannt.
Inzwischen bin ich zum König aller Dschins gekrönt worden.
Dennoch bin ich der Traurigste von allen.
Es gibt nur eine Erlösung,
nur ein Menschenkind ist der Auserwählte,
der mir, dem König der Dschins, in meiner Not helfen kann.
Ein einziger Jüngling, den ein Dschin
als Freund und Beschützer haben kann.
Dieser Jüngling bist du!"

Es herrschte tiefe Stille in der Nacht.

„Ich verstehe Dich jetzt. Langsam begreife ich das Geheimnis, das mich in den letzten Wochen so sehr beschäftigt hat. Auch kenne ich den Ort, wo die winzigen Vöglein, die hübschen Nektarvögel, durch die Lüfte sausen. Ich werde dir den Weg zur schönsten Königin aller Nektarvögel zeigen."

„Nur eine hat einen roten Schnabel,

nur eine besitzt Federn,
die so prachtvoll in den Farben der Smaragde
und des Saphirs glänzen,
nur eine hat schwarze Augen.
Meine Braut befindet sich hier in diesen Tälern.
Seitdem beschütze ich sie,
der fliegende Adler am Tage
und der silberne Greifvogel in der Nacht.
Genau wie ich dich beschütze
mit der Feder in deiner Tasche, deinem Talisman.
Mit der Feder, die bei deiner Geburt vom Himmel fiel
auf dem Schoße deiner Mutter.
Der Magier hatte mir damals die Wahl gelassen,
entweder zu sterben
oder auf das rettende Menschenkind zu warten.
Der boshafte Magier dachte, ich werde dich niemals finden.
Nach Jahrtausenden
wurde ich überglücklich,
als du das Licht der Welt erblickt hattest.
Du hast die Bestimmung, uns zwei Liebende zu retten.
Wenn du meine verwunschene Braut,
mit deinem Flötenspiel bezauberst,
wenn du sie sehr behutsam berührst,
wenn sie auf deiner gestreckten Hand landet,
weil sie dich erkannt hat,

dann erst kann ich, der Dschin,
den Fluch des Magiers aufheben.
HaDschin, der König aller Dschins,
wird dir, oh Menschenkind,
das einzige Menschenkind auf Erden,
das einem Dschin jemals von Nutzen sein kann,
dieser König der Dschins wird dir auf ewig
und unsterblich lang dankbar sein."

„Darf ich mehr über dich erfahren? Über die goldene Figur, die Statue in der Höhle? Den Falken auf dem Kopf der Figur? Über die Schlange daneben? Hat das alles mit deiner Geschichte zu tun? Warum haben die Sukkeir Angst vor dieser Höhle? Deckt die Steinplatte ein Grab?"

„Du hast auf dem Haupt eine Krone gesehen!
Der Falke ist ein kleiner Greifvogel,
und die Schlange ist Qarina, die Beschützerin der Braut!
Qarina lebt in meinem Auftrag hier im Tal.
Jetzt kennst du mein Mysterium!
Es ist das Geheimnis des verliebten Dschins!

Das Verborgene ist für alle Menschen ein Rätsel,
Du kennst die Antwort auf nur eines der vielen Rätsel".

Der große Vogel spannte die Flügel und kreischte schrill, als er wegflog.

„Hab Acht vor dem gemeinen Kolkraben,
er ist der Diener des Magiers!
Er bewacht von jeher
das winzig kleine Vöglein,
wegen ihm konnte sie niemals entkommen."

Riman versuchte einzuschlafen, in seinem Traum dachte er lange über die Wörter des alten Al-Dschawal nach.

„Nein, mein Junge, ich bin es nicht! Nicht! Nicht!
Frage den Dschin, den Dschin, den Dschin!
Eile davon, eile g'schwind, g'schwind, g'schwind!
Der Dschin! Er gibt dir Kund! Kund, Kund!
Du kluges Menschenkind! Kind, Kind, Kind!
Nur du hörst ihn, nicht ich! Nicht ich, nicht ich!"

Welch unbegreifliches Erlebnis: Ein Dschin, der ihm in der Gestalt eines Greifvogels erscheint!

IV. Aussichten

21

Der Sturm legt sich

Als die ersten Sonnenstrahlen den Tag ankündigten, flog plötzlich eine große Schar grässlich kreischender Kolkraben über die Ebene und die Zelte der Sukkeir hinweg. Die Zeltbewohner wurden aus ihrem Schlaf gerissen, sie liefen hinaus und schimpften über die beängstigend lauten Schreie der großen schwarzen Vögel.

„Ein Unheil kommt auf uns zu", rief einer der Sukkeir prophezeiend.

Riman betrachtete die dunkle Federwolke, die über ihre Köpfe hinwegflog. „Wer weiß", dachte er, „vielleicht schickt sie uns eine böse Macht als Boten des Übels."

Die ungemütlichen Kolkraben segelten in Richtung der Berge und verschwanden aus den Blicken der empörten Lagerbewohner.

Der Alltag fing bei den Sukkeir früher an als sonst, da sie alle schon ziemlich hellwach waren. Die achtsamen Familien versammelten sich um ihren Herd und aßen ruhig ihr Frühstück.

Urplötzlich und unerwartet tobte am gleichen Morgen ein ungestümer Sandsturm. Der Wind stürmte und wirbelte ungehemmt, tosend, und zog Massen von Sand mit sich. Er zischte in den Falten der erbebenden Zelte, er raste in Höchstgeschwindigkeit gegen Körper und Gegenstände, die dem Sturm trotzten und ihm im Weg standen. Die Naturkräfte meuterten mit aller Wucht, als ob sie die Menschen ermahnen und ihre zerstörerische Kraft unter Beweis stellen wollten.

Die meisten Lagerbewohner liefen Hals über Kopf in ihre Zelte und klappten alle schweren Zeltbahnen an den offenen Seiten herunter. Die Bahnen flatterten so stark, dass sie befestigt werden mussten. Die Menschen zogen die Stoffe fester über ihre Gesichter; Nasen und Augen mussten vor den messerscharfen Sandkörnern geschützt werden. Der Sand schoss ihnen in die Kleiderfalten, er kitzelte in den Ohren. Wer noch kein Tuch um die Nase gebunden hatte, der drohte am Sand, der in die Atemwege gelangen konnte, zu ersticken.

    Andere liefen hastig zu ihren Tieren in die offene Ebene, um sie einzusammeln. Wer bei den Kamelherden übernachtete, der hatte die überaus große Aufgabe, keines der in Panik geratenen Tiere zu verlieren. Diese Männer kämpften mit aller

Macht und Kraft, um gegen den starken Wind vorwärts zu schreiten und die Herden zu beruhigen. Die Urkräfte mit mächtigem Druck bremsten jede Bewegung und tobten wirbelnd um jeden Körper und Felsen.

Der Sturm dauerte lange. Nach zwei Tagen erst kehrte endlich Ruhe ein. Der Wind legte sich, die schwarzen Ziegenhaarzelte wurden vom Sand abgeklopft, vereinzelte Tiere wurden gesucht und der Alltag konnte erneut mit seiner Regelmäßigkeit beginnen, als ob die Meuterei der Natur niemals stattgefunden hätte. Die wilden Tiere in den Tälern und Schluchten, auf den Bergen und in den flachen Ebenen verließen ihre Verstecke und freuten sich wieder ihres Lebens.

Aus der Ferne setzen die rhythmischen Takte eines großen hölzernen Kaffeemörsers ein. Der Kaffeekocher des Scheichs schlug mit einem geschnitzten hölzernen Stößel auf die gerösteten Kaffeebohnen in einem großen Mörser ein und mahlte sie zu groben Körnern. Dabei trommelte er gekonnt musikalische Rhythmen, indem er das dickwandige Stampfgefäß mit dem Stößel hier und da stark anklopfte. Der Hohlraum des großen Holzgefäßes diente als Geräuschverstärker und die Klänge hallten weit über die Ebene. Die Lagerbewohner nahmen die dunklen, wohlklingenden Trommeltöne wahr und erkannten die Melodie. Die Töne verkündeten die Einladung zur Zusammenkunft der Männer beim Oberhaupt.

22

Die Stammesversammlung

Am frühen Abend trafen sich alle männlichen Sukkeir zwischen sieben Jahren und bis zum Greisenalter im Zelt des Oberhaupts, Scheich Salmaan. Der Kaffeekocher Salmaans bereitete stundenlang den bitteren ungesüßten Kaffee. Er füllte mehrere große Kannen mit dem Getränk und stellte sie auf das Feuer.

Erst als alle anwesend waren, konnte die traditionelle Kaffeezeremonie beginnen. Die Männer, ob jung oder alt, genossen die bittere und mit Kardamon gewürzte heiße Brühe. Sie schlürften sie und priesen den guten Geschmack der frischen Kaffeebohnen, die neulich mit der eigenen Karawane in vielen großen Säcken eingetroffen waren.

Die Männerversammlung war schon längst fällig. Sie fand immer einmal im Monat statt. Die meisten erwachsenen Männer waren lange mit der Karawane unterwegs gewesen und der Sturm hatte zusätzlich die Durchführung während der letzten Tage verhindert. Ab und zu konnte es vorkommen, dass Versammlungen wegen unerwarteter juristischer oder wegen ungelöster Probleme außerplanmäßig einberufen wurden.

Zuerst hörte der Scheich alle Berichte an, über die Erfolge und die Misserfolge auf den Märkten und über die materiellen Schäden, die der Sturm verursacht hatte. Ratschläge und neue Ideen wurden ausgetauscht. Danach wurden interne Belange des Stammes diskutiert.

Alle Beteiligten hatten das Recht, ihre eigene Meinung zu äußern und an der Diskussion teilzunehmen. Auch die jüngsten Mitglieder der Versammlung waren gleichberechtigte Gesprächspartner. Die Meinung eines Siebenjährigen wurde genauso respektvoll angehört wie die eines Erwachsenen. Die Stimmen waren ohne Zweifel gleich, unabhängig von Alter und Rang. Die Versammelten konnten offen Kritik üben und Konflikte gemeinsam erörtern und lösen. Entscheidungen wurden miteinander getroffen, und falls sie bei wichtigen

Entscheidungen uneinig waren, dann galt die Stimme der Mehrheit. So war das bei den Sukkeir und bei allen anderen Beduinenstämmen.

Der Gedankenaustausch und die Beratung waren an dem Abend zweckmäßig und ausführlich. Der Kaffeekocher hatte lange zu tun, aber seine Meinung wurde genauso gehört wie die aller anderen.

Das zu allerletzt besprochene Thema kam für Riman und seine Freunde überraschend; es behandelte das Dilemma ihres Ausflugs zum Tal des Fluches und zur verbotenen Höhle. Die Entdeckung in der Höhle wurde überdacht und besprochen. Es lagen ernste Mienen auf den Gesichtern, als die älteren Männer über die Entführung sprachen und über die unkonventionelle Vorgehensweise des Kadis Bilal, des Scheichs der Bidyan, der seinen Hengst auf so ungewöhnliche Weise scheinbar als Beistand im Sinne der Gerechtigkeit bevollmächtigt hatte.

Die stolzen Sukkeir diskutierten die möglichen Maßnahmen, die eine so grobe Beleidigung - wie die einer Gefangennahme als vermeintliche Kameldiebe - nach sich ziehen konnte. Sie wollten dazu die Meinung von Riman und seinen Freunden hören. Diese aber sprachen sich gegen eine kriegerische Bestrafung aus und verteidigten die Bidyan, schließlich hatten sie dort gute Freunde gewonnen. Während des Erzählens zeigten sie ihre helle Begeisterung, der Gerichtsverhandlung beigewohnt zu haben und dass am Ende doch alles sehr freundlich verlaufen war. Sie erinnerten die Versammlung an die gabenfreudige Entschuldigung von Bilal, dem die Angelegenheit offensichtlich auch peinlich gewesen war.

Ihre entlastende Fürsprache überzeugte die nachsichtigen Zuhörer in der großen Runde. Die Gemeinschaft hatte Gefallen an den Worten der Jugend gefunden und vergaß die Fehde, die sie ursprünglich im Schilde führten.

Zum Schluss erhob sich Scheich Salmaan und forderte die vier Jünglinge auf hervorzutreten.

„Unsere Gemeinschaft spürt, dass euch etwas bekümmert. Wollt ihr nicht darüber sprechen? Du Riman, du bist in letzter Zeit sehr in Gedanken vertieft. Wir können euch helfen, ihr müsst euch aussprechen und euch von dem Kummer befreien. Seitdem ihr die Höhle aufgesucht habt, verhaltet ihr euch anders. Was ihr entdeckt habt, wissen wir schon. Ihr habt die Bidyan mit offenem Herzen verteidigt. Aber was gibt es noch? Wollt ihr lieber mit Euren Vätern unter vier Augen sprechen? Ihr wisst doch, dass wir immer zusammenhalten!"

„Ich habe schon mit meinem Vater gesprochen", sagte Riman. Sein Vater nickte bejahend. Riman warf einen kurzen

Blick auf Al-Dschawal, den dieser scharf erwiderte.

„Ich habe das Gefühl, dass du mit jemandem aus unserer Runde alleine sprechen möchtest", sagte Salmaan vermittelnd.

„Ja, aber nicht alleine. Meine Gefährten und ich sollten diese Person über etwas, was er uns vor kurzem erzählt hatte, ausfragen. Wir sind über seine Geschichte sehr nachdenklich geworden. Es wird nur uns, den kleinen Kreis der Beteiligten, angehen", antwortete Riman unnachgiebig.

„Mir gefällt, wie Ihr junge Männer zusammenhaltet", lobte Salmaan.

„Männer?", wiederholten die vier Jugendlichen einstimmig.

„Ja, Männer!", lächelte Salmaan. „Morgen früh werdet ihr gemeinsam Al-Dschawal aufsuchen. Klärt, was ihr zu klären habt, denn das ist anscheinend die Person, die ihr gemeint habt." Salmaan merkte, dass Al-Dschawal unruhig wurde. Die Väter der Jugendlichen erkannten das gleiche.

Dann sprach Salmaan im ernsten Ton. „Ich, Salmaan Scheich al Schuyuchu, ernenne euch zum Rang der Jung-Krieger! Hat jemand Einwände gegen diese ehrbare Beförderung?"

„Wir sind alle dafür", erschallte es mehrfach.

„Was? Wirklich?", die Jungen waren erstaunt, damit hatten sie nicht gerechnet.

„Befördert? Ah, dann kann ich endlich die Schönheit

meiner Träume suchen", kicherte Abdallah.

„Meintest du das hübsche Mädchen aus meinen Träumen?", kokettierte Qassiem gelassen.

Lautes, dröhnendes Gelächter erfüllte das große Zelt; die Männer verließen scherzend und heiter die Versammlung.

23

Frohen Mutes

Am darauffolgenden Tag saßen die Familien in ihren Zelten beim Frühstück, die Männer berichteten über die Ergebnisse und die Beschlüsse der Versammlung. Die Mütter waren ihrerseits stolz über die Ehrung ihrer Söhne Riman, Abdallah, Qassiem und Badder. Sie hatten insgeheim verstanden, warum Salmaan ihre Jungen früher als sonst in den Kriegerstand erhoben hatte. Damit wurde ihnen mehr Verantwortung gegenüber der ganzen Gemeinschaft übertragen. Diese kleinen Abenteuer, die sie sich neben ihren alltäglichen Aufgaben gönnten, sollten langsam aufhören! Die Achtung, welche die Gemeinschaft ihnen nun erwies, sah ganz anders aus. Man grüßte einen jungen Krieger anders als denjenigen, der nur Wüstenhasen und anderes Kleintier jagte, oder als denjenigen, der verspielt war und Abenteuer im Kopf hatte. Diese Gedanken behielten die Frauen trotzdem für sich. Riman und seine Freunde spürten die Veränderung im Stamm ihnen gegenüber, und sie stolzierten mit erhobenem Kopf daher. Manchmal musste Rimans Mutter darüber lachen, schließlich brauchte Riman Zeit und Erfahrung, um sich zu entwickeln und um erwachsen zu werden. Den mündlich überlieferten Verhaltens- und Gesetzeskodex, den jeder in der Gemeinschaft schon früh lernte, kannte Riman schon sehr genau. Für den Bestand einer Gruppe, die in einer harten Umwelt überleben musste, war er von genauso großer Bedeutung wie vieles andere.

Den Abend davor hatten die Frauen ähnlich verbracht wie die Männer; sie versammelten sich im Freien um ein großes Lagerfeuer. Ihre Themen waren von lebhafterer und von mehr familiärer Natur als die oft trockenen, von den Männern diskutierten Themen. Besonders gerne plauderten die Frauen über ihre eigenen Ehemänner, was im Grunde manchem Gatten missfiel; auch plauderten sie gerne über ihre Kinder. Die pfiffigen Nomadenfrauen waren bekannt dafür, dass sie walteten, wie es ihnen beliebte. Kein Mann hätte gewagt, sie umzustimmen, nicht einmal der Ehemann oder der Bräutigam. Obwohl die meisten Männer Krieger, Jäger und Hirten waren, hatten sie keine Chance, alleine in der kargen Landschaft zu überleben ohne diese willensstarken Frauen an ihrer Seite. Insgeheim kannten die Männer diese Tatsache nur zu gut, wenn sie es auch nur ungern zugaben.

Oft nahmen die Frauen und die Mädchen auch an der Versammlung der Männer teil. Besonders, wenn es sich um für alle wichtige Entscheidungen handelte, oder bei bedrohlichen Angelegenheiten. Ansonsten ließen sie ihre Männer gerne alleine unter sich, um die reinen Männerthemen, wie sie es ausdrückten, zu besprechen.

Bevor Riman aufbrach, um Al-Dschawal aufzusuchen, fragte er seinen Vater, ob er schon mit ihm gesprochen habe.

„Ja, das habe ich. Al-Dschawal ist nicht der Geheimnisträger. Das ist alles, was er mir offenbarte. Er schien darüber gründlich nachgedacht zu haben. Der komische alte Kauz! Manchmal habe ich das Gefühl, dass er Gedanken lesen kann, auch aus der Ferne - wirklich erstaunlich."

24

Die Gabe

Kurz nach dem Frühstück traf sich Riman mit seinen Freunden und sie machten sich auf den Weg. Duneib, der Wolfshund, durfte diesmal die junge Bande begleiten. Al-Dschawal wartete schon auf ihr Erscheinen. Er bereitete den süßen Tee auf einem kleinen Feuerchen. Die Kamelherde trampelte gemächlich unter seiner Obhut in der Ebene herum und weidete wiederkäuend am niedrig wachsenden Gestrüpp. Als die Gruppe ankam, setzte sie sich zu Al-Dschawal um das Feuerchen herum und genoss seinen Tee.

Al-Dschawal räusperte sich, bevor er das Thema aufrichtig und ohne abzuschweifen ansprach.

„Ich weiß, was euch beschäftigt", sagte er direkt.

„Es geht um die Höhle, um Hamdans damaliges Erlebnis", sprach Riman.

„Es scheint, ich kann euch nichts vormachen. Ich bedachte nur euer Wohl", erwiderte der Alte und fing mit seinem präzisen Bericht an. „Hamdan und ich waren einst gute Freunde, genauso wie ihr es heute seid. Wir tollten als Jungen auch so in der Gegend herum, genau wie ihr. Eines Tages haben wir diese Höhle entdeckt. Wir haben sie damals

ebenfalls zugemauert vorgefunden. Die große Neugierde packte uns und wir verschafften uns einen Weg hinein. Was wir dann in der Höhle gefunden haben, hat uns ebenso erschrocken wie euch. Ich kenne euch neugierige Bande gut und ich wusste, dass ihr das Gleiche tun würdet, wenn ihr die verschlossene Höhle einmal finden würdet. Die Geschichte mit Al-Ghula, die ich euch erzählt habe, war erfunden, um euch vor dieser Höhle abzuschrecken.
Damals hat uns der Fund in der hinteren Höhlenkammer beunruhigt. Wir glaubten, dass wir in die Welt der Dschins und der Ghuls eingetreten waren und machten, dass wir schnell wegkamen".

„Wie ich es mir gedacht hatte!", kommentierte Riman.

„Ja, ich weiß, dass ihr wegen der Geschichte der Ghula wütend seid. Ich weiß auch, dass ihr viele offene Fragen habt, hinsichtlich der Statue und des sogenannten oder vermeintlichen Grabes mit dem goldenen Inhalt", sagte Al-Dschawal trocken.

Al-Dschawal atmete ruhig und rauchte seinen übel riechenden Tabak mit geschlossenen Augen. Die Jungen betrachteten ihn dabei und warteten ab. Dann brach Abdallah diese Stille mit seiner Frage:

„Hat der Höhlenfund etwas mit den Ruinen im Gebiet der Tha'aliba zu tun?"

„Das alles hat mit einer Vergangenheit zu tun, die wir nicht kennen und erklären können. Ich selbst habe Inschriften auf den Ruinenblöcken gesehen. Diese Schrift sieht nicht aus wie die heutige moderne Schrift, sie ist anders, das steht fest! Auch wenn wir Nomaden nicht lesen und schreiben können, erkennen wir doch schon bildhaft den großen Unterschied. Wer schon einmal in der Stadt war, der hatte Gelegenheit, die moderne Schrift zu betrachten", erklärte der Alte.

„Bald können wir die Karawane begleiten und werden die Welt der Sesshaften kennen lernen. Ich bin gespannt", sagte Badder.

„Wenn du mehr über diese vergangenen Dinge weißt, dann erzähle uns bitte alles", bat Qassiem.

„Ich weiß, dass sie existieren. Mehr weiß ich nicht. Trotzdem, es gibt immer jemanden, der ungeklärte Dinge versteht", antwortete Al-Dschawal derb. Er sah zu Riman hinüber und er kniff dabei seine alten Augenlider zusammen, als ob er sich heftig konzentrieren müsse. Sein Blick war stechend.

„Nein, mein Junge, ich bin es nicht! Nicht! Nicht!"

„Hast du jetzt etwas gesagt?", fragte Riman den Alten.
„Ich habe nicht gesprochen", entgegnete der Alte.

Riman meinte die Stimme von Al-Dschawal gehört zu haben. Dann merkte er, dass ihm seine verborgenen Gedanken einen Streich gespielt hatten, und er diesen Satz wie ein fernes Echo vernommen hatte. Das beunruhigte ihn etwas.

„Warum glaubtest du, dass du uns vor der Höhle warnen müsstest, und warum sind wir Sukkeir dafür bekannt, dass wir Angst vor diesem Tal haben?", fragte Abdallah.

„Das Tal befindet sich in unserem Stammesgebiet. Die Höhle umfasst Dinge, die für uns unerklärlich, also unheimlich sind. Der Mensch reagiert mit Furcht auf das Unerklärliche. Wir haben unsere eigene mündliche Überlieferung. Wir kennen unsere eigene Stammesgeschichte. Aber unsere Überlieferung reicht nicht aus, um zu erklären, was wir in der Höhle gefunden haben. Auch die Überlieferung der Tha'aliba reicht nicht aus, um zu wissen, wer in ihrem Stammesgebiet einst die Erbauer der Ruinen waren", erklärte Al-Dschawal.

„Bedeutet das, dass unsere Stämme zugezogen sind, dass unsere Vorfahren die früheren Bewohner verjagt haben?", fragte Abdallah.

„Das ist möglich, diese Erinnerung fehlt uns völlig", sprach der Alte.

„Gibt es jemanden, der solch ein Geheimnis alleine wahren muss? Ich meine, eine Überlieferung, die alle anderen nicht kennen?", fragte Riman sehr unruhig.

„Vielleicht", räusperte sich der Alte und blickte Riman verständnisvoll an.

„Wovon sprichst du, Riman?", fragte Qassiem.

„Du träumst zu viel in letzter Zeit", meckerte Badder.

„Du bist auch ruhig und nachdenklich geworden, du bist nicht mehr so lustig", sagte Qassiem.

„Bist du etwa verliebt? Na, erzähl doch!", sprach Abdallah.

„Nein. Oder doch? Es ist ein kleines Vöglein, das ich befreien muss", fing Riman heiter zu singen an. Alle lachten, außer Al-Dschawal, der tat, als ob er sich taub stellte. Frohmut herrschte unter den Jugendlichen, denn sie hatten sich endlich mit dem Alten ausgesprochen und versöhnt.

Als sie sich auf den Rückweg machten, blieb Riman einen Moment zurück und warf dem Alten fragende Blicke zu.

„Du hast auf meine Frage mit „vielleicht" geantwortet. Ich brauche eine Antwort, denn ich bin sehr aufgewühlt", fragte Riman den Alten.

„Du musst lernen, mit deiner Begabung umzugehen. Habe keine Angst. Scheich Salmaan hat nicht erkannt, was du bist. Du bist kein Krieger, du hast eine Fähigkeit, die nur die wenigsten besitzen. Bald wirst du deinem Stamm nützlich sein. Bis dahin bleibt die Angelegenheit unter uns."

„Ich soll kein Krieger sein?", schalt Riman beleidigt.

„Du kannst es weiterhin sein. Aber deine Rolle ist eine andere", prophezeite der alte Mann. „Diese Tatsache soll dich nicht beunruhigen. Lerne damit umzugehen! Du kannst mit mir immer darüber sprechen. Ich bin alt geworden und bin froh, doch noch zu erleben, dass wir wieder einen empfänglichen Seher in unserer Mitte haben. Ich habe deine Sorgen und deinen Kummer rechtzeitig erfasst. Alles ist in Ordnung, sei unbesorgt."

Was meinte Al-Dschawal, fragte sich Riman und staunte über alle diese Aussagen! Er wurde neugierig, er wollte mehr darüber erfahren.

„Kannst du meine Gedanken lesen?", fragte Riman vorsichtig.

„Denk nicht zu viel nach! Ich bin nur ein alter Wanderer", zwinkerte der Alte. „So, jetzt haben wir genug geplaudert, ich muss zu den Kamelen." Al-Dschawal trottete zu den Tieren. „Du hast noch Zeit, sogar viel Zeit, mein Junge", rief der alte Al-Dschawal, „später bring ich dir dein Kamel Harun vorbei. Ich muss mit deinem Vater unter vier Augen sprechen, bitte melde mich bei ihm an."

Riman lief fast stolpernd seinen Freunden entgegen, und Duneib hüpfte und sprang hinterher.

Eine große Überraschung wartete auf die Freunde im Lager. Als sie ankamen, fanden sie ein stattlich geschmücktes Fohlen vor, das im Augenblick von allen anwesenden Sukkeir bewundert wurde. Ein wackerer Bote vom Stamm der Bidyan brachte das prächtige Jungtier ins Lager und erinnerte die Gemeinschaft an das versprochene Geschenk von Scheich Bilal. Das schöne Tier bekam besonders viele Streicheleinheiten von Rimans jüngster Schwester. Ganz in der Nähe bemerkte Riman eine tänzelnde Stute, die, wie er erfahren hatte, solange bleiben durfte, bis das Fohlen kräftiger wurde und ohne Muttermilch auskommen konnte. Seine Mutter Nischma war dabei, Gräser und Heu für die graziöse und mit versilberten Kaurischnecken behängte Araberstute zu besorgen.

Ein Steinadler zog etliche große Kreise über der Ebene und flog anschließend auf und davon.

Du hast Zeit, viel Zeit. Lerne mit deiner Gabe umzugehen.

25

Die Geschichte vom Adler und der Schlange

Riman schlenderte mit Harun durch die Täler und kam endlich an seinem Ziel, seiner Lieblingsstelle, an. Er setzte sich unweit der Wasserquelle auf einem Felsen hin und zog seine Flöte aus dem Beutel. Er legte seinen Talisman, die Adlerfeder, auf sein Bein und fing an, feine Melodien auf seiner Flöte zu trillern. Riman beobachtete währenddessen, wie die Nektarvögel über die niedrigen Büsche schwebten. Ihr Flügelschlag war sekundenschnell und daher fast nicht sichtbar. Ihre feinen Schnäbel suchten hie und da nach dem süßen Pflanzennektar.

Riman erspähte einen Kolkraben über der Kuppe des größten Felsens. Er stand auf und schrie: „Fort mit dir!", und der Rabe suchte das Weite. Er lief zurück zu seinem Felsen und setze sein Flötenspiel fort.
Die Vogelweibchen waren braun und die Männchen türkisblau. Es fehlte das Prachtgefieder ihrer kleinen Königin.

„Wo bist du, kleine Prinzessin, die Schönste weit und breit?" Nicht weit schlich eine Schlange durch das Tal. Riman blieb still und hörte mit dem Flötenspiel auf, bis sie wieder verschwand. Er kroch behutsam zu den Büschen, um die Nektarvögel noch näher zu betrachten. „Sie wird dich erkennen", dachte er.

*Nur eine hat einen roten Schnabel,
nur eine glänzt so prachtvoll
in den Farben der Smaragde und des Saphirs,
nur eine hat schwarze Augen!*

Die Hitze machte Riman sehr müde. Er legte sich im Schatten des Felsens hin und schlief für eine kurze Zeit ein. Der Greifvogel erschien ihm dieses Mal im Traum und nicht wie üblich während der Nacht vor dem Zelt.

„Der Greifvogel frisst doch die Schlange. Wieso steht sie auf der Krone der Statue neben ihm, hat sie keine Angst vor ihm?", fragte Riman den Greif.

*„Auf der Krone befindet sich der kleine Greifvogel,
neben ihm die Schlange.*

Es ist ein kleiner Falke
und er symbolisiert
meine Vogelgestalt,
nicht die Gestalt des Schlangenadlers!

Ich erscheine vor dir als silberner Greif,
tagsüber fliege ich in der Gestalt des seltenen Steinadlers.
Ich möchte nicht ein Schlangenadler sein,
der die Schlange Qarina verjagen könnte.
Qarina ist die Beschützerin meiner Braut!
Ich erzähle dir die Geschichte
vom Schlangenadler und der Schlange:
Es ist eine Geschichte von Himmel und Erde
und ihrer Beziehung zueinander.
Es ist die Geschichte des Schicksals.

Der Adler und die Schlange,
eine Geschichte vom Leben, von Freundschaft,
von Verrat und vom Tod.

Zuerst die Geschichte des Lebens.

Der Adler schwebt oben in der Luft,
die Schlange kriecht unten auf der Erde.
Einst ergänzten sie sich.

Der Adler schützte die Schlange,
die Schlange brachte ihm dafür Nahrung.
Bis eines Tages die Schlange Nachwuchs bekam.

Jetzt erzähle ich dir die Geschichte vom Verrat.

Die Schlange schlich davon
zur Nahrungssuche in die Ferne,
sie ließ ihr Nest in der Obhut des Adlers.
Der wiederum verschlang alle ihre Kinder.
Sie schlich zurück zu ihrem Nest und war entsetzt, seitdem
war die Feindschaft zwischen den beiden unendlich groß.
Das ist der Beginn des Schlangenadler-Daseins.
Seit diesem Tage hütet sich die Schlange vor ihm,
sie versorgt ihn nicht mit Nahrung mehr
und schützt ihr Nest vor seiner Gier".

Riman erwachte. Er hatte gar nicht vor gehabt, einzuschlafen. Er hatte so viele Fragen! Fragen über das Volk der Dschins, über die hübsche Prinzessin, über Adler, Schlangen, Raben und über die Höhle!

„Lieber Dschin", dachte Riman, „erscheine mir niemals als aasfressende Hyäne, denn dann bekomme ich Angst vor dir - als Greif zu erscheinen ist es mir schon viel lieber!" Er vergaß die winzigen flatternden Vöglein, er packte seine Flöte ein und wollte schon zum Treffpunkt eilen, wo seine Freunde auf ihn warteten. Hastig rannte er zur Wasserquelle.

26

Lebewohl mein Freund

„Ich bin der Vorbote für das Kommende,
der Rabe sagt's anders, die Eule auch,
Sie gehören nicht in mein Königreich.
Ich komme gefiedert zu dir
und bin auf ewig dein holder Freund!"

Die jungen Menschen trafen sich wie so oft an der Wasserquelle. Sie füllten ihre Lederschläuche und führten ihre höckrigen Lasttiere zur Tränke. Anschließend saßen Riman und seine Freunde um das kleine Feuerchen und schlürften den gesüßten Beduinentee.

„Riman, du hast noch mit Al-Dschawal weiter geplaudert, als wir losgezogen sind", bemerkte Abdallah.

„Wann erzählst du uns endlich, was dich so sehr betrübt", kam von Badder.

„Mich betrübt nichts. Ich war nur nachdenklich und habe viele Nächte nicht gut geschlafen. Vor Wochen erzählte ich euch einen meiner Träume. Darüber habt ihr euch sogar lustig gemacht. Ich glaube, ich habe die Geschichte der Höhle verstanden; ich kann sie euch annähernd erklären", berichtete

Riman. „Al-Dschawal sprach über unsere Jahrhunderte alte mündliche Überlieferung, und dass die Erinnerung unseres Stammes nicht in die tiefste Vergangenheit hineinreichen würde. Und nun zur Statue und zur langen Grube mit der goldenen Figur. Diese stammen aus einer viel ferneren Zeit, als wir denken und erzählen können. Wir haben in der Höhle die Spuren aus einer viel älteren Kultur als der unsrigen gefunden. Wer die fremden Inschriften in den Trümmern der Ruine im Gebiet der Tha'aliba lesen könnte, der wüsste vielleicht Genaueres über unseren Schatz zu berichten. Jedenfalls, die prächtige Goldfigur beweist, dass diese Kultur mächtig und nobel gewesen sein muss, und geheimnisvoll noch obendrein."

„Da wir jetzt keine Angst mehr vor einer grässlichen Al-Ghula haben müssen, könnten wir noch einmal zur Höhle gehen, um die Kammer und die längliche Grube gründlicher zu untersuchen", sagte Qassiem.

„Qassiem, letztes Mal wolltest du Schreckgespenst lieber draußen bleiben", lachte Abdallah laut.

„Fluch hin und her. Das Tal soll wieder umbenannt werden. Dieser Name hat lediglich eine abschreckende Wirkung. Das war reine Absicht! Anscheinend wollte unser Stamm nicht, dass Neugierige dorthin gehen. So war es lange vor den Menschen und vor allem vor Räubern geschützt. Auch wir müssen die Höhle hüten", sagte Riman.

„Dann soll das Tal weiterhin das Tal des Fluches heißen", meinte Badder.

„Eines Tages werden wir das Lügenmärchen von Hamdan und Al-Ghula unseren Kindern weiter erzählen, zur Abschreckung, besonders, wenn sie anfangen so wissbegierig zu werden wie wir! Habt Acht liebe Kinder, da treibt eine Ghula ihr Unwesen!", kicherte Qassiem.

„Ich werde meinen zukünftigen Kindern keine Lügenmärchen erzählen", meinte Abdallah ernst.

„Erst mal das Mädchen deiner Träume finden, junger Krieger", sagte der pfiffige Qassiem.

Plötzlich änderte sich die Miene von Badder.

„Oh, seht! Da kommt zielbewusst ein abgöttisch hübsches Mädchen. Sie möchte vermutlich Wasser von der Quelle besorgen. Oder möchte sie mit uns sprechen?" Badder zeigte in ihre Richtung und alle drehten sich um und waren verblüfft bei diesem unerwarteten Anblick.

„Wer ist diese lächelnde Schönheit, kennt sie einer von euch?", fragte Qassiem schwärmend.

„Schwarze Augen und roter Mund, wie lieblich!", rief Abdallah ausschweifend.

„In Stoffe aus grün-blauer und schimmernder Seide

gekleidet! In den Farben des Smaragdes und des Saphirs!", staunte Riman nicht weniger und starrte sie befangen an.

„...In Farben des Smaragds und des Saphirs" - eine Windbö trug Rimans Stimme weit in die Ferne.

Riman stand bebend und mit Herzklopfen auf, aber seine Freunde zogen ihn kichernd wieder herunter. Er klammerte seine Hand an seinen Talisman fest und beobachtete, wie sie sich gelassen, fast schwebend, bewegte. Die Jungen flüsterten hastig durcheinander, „wer ist dieses freundliche Mädchen?", und sie grüßten sie höflich, als sie näher herankam. Die junge Schönheit erwiderte ihre Höflichkeit mit einem liebenswürdigen und hoheitsvollen Lächeln. Die Jugendlichen betrachteten sie bewundernd, bis sie wieder leise raschelnd hinter den Felsen und aus ihrer Sicht verschwand.

Die an der Wasserquelle zurückgebliebene Gruppe war fortan über diese Begegnung sehr vergnügt. Aber gesehen haben sie diese schöne Fremde nie wieder.

* * *

Währenddessen kreiste ein großer Steinadler mehrmals über das Tal und machte sich schrill und kreischend bemerkbar.

Es ist so weit,   ich fliege heim
mit meiner Braut.   Mein Dank ist dein,
aus meiner Werkstatt   ein Schatz so fein,
ein silbern' Amulett, das Dich schützt vor Pein.

Lebe wohl, mein Helfer und Erlöser,
ich komme wieder,
ich bin dein Freund und dein Bruder.

* * *

Der Adler fliegt bereits seit tausenden von Jahren und wird immer weiter fliegen, bis in alle Ewigkeit, mit wachsamen Augen, und hiermit ...

... hiermit endet diese kleine Geschichte.
"... Tuta tuta, khilsat al hattutta!"

Nachwort der Autorin

Diese Geschichte möchte auch ein Beitrag zum Kulturverständnis sein, besonders in einer Zeit, die durch künstlich gesteuerte Propaganda gegenüber anderen Kulturen geprägt war und ist. Vielleicht hilft mein Text, einige Vorurteile abzubauen, Interessantes zu vermitteln und Interesse am Orient zu wecken.

Die Landschaft

Die Kulisse der Geschichte ist der arabisch-vorderorientalische Raum. Die Sprache in der Geschichte ist erzählend, der Text beginnt und endet zweisprachig mit der formelhaften Aussage eines Märchenerzählers (s. Glossar). Die fiktive Geschichte spielt in einer natürlichen Umgebung ohne einen festen geographischen Bezugspunkt. Die Kulisse ist eine typische Landschaft, wie sie natürlich vorkommt.

Die ursprüngliche Lebensweise der arabischen Nomaden (Beduinen) im Vorderen Orient und ihr Weltbild haben mich inspiriert, diese Geschichte zunächst mündlich zu erzählen, bevor ich sie niedergeschrieben und ausgeweitet habe. In dieser Erzählung werden einige der Werte sowie die Lebensweise der Beduinen veranschaulicht. Die Geschichte enthält viele Elemente der vorderasiatischen Kulturen und Denkweisen.

Die hier in der Geschichte beschriebenen Beduinen sind Vollnomaden und überwiegend kamelzüchtende Hirtennomaden. Sie stehen deswegen im Sozialgefüge der anderen arabischen Nomaden, die mehr Ziegen besitzen als Kamele, im Rang am höchsten. Der sogenannte „Adel der Wüste" hat sich vor langer Zeit an das Überleben in den Trockengebieten angepasst. Das Kamel ist wegen seines biologischen Wasserspeichers anspruchslos und kommt lange ohne Wasseraufnahme aus. Der Wanderzyklus der kamelzüchtenden Nomaden zwischen ihrem Winter- und ihrem Sommerlager kann eine Strecke von mehreren hundert Kilometern betragen. Die Nomaden sind Teil großer Stammesbündnisse (Konföderationen) in ihrem Bewegungsraum.

Neben der Tierzucht leben die Beduinen von der Jagd, vom Sammeln und vom Handel oder Tausch auf den Märkten. Sie tauschen ihre eigenen Erzeugnisse gegen Produkte, die zum Überleben notwendig sind, oder sie kaufen sie mit dem Erlös ihrer Waren ein. Früher bereicherten sie sich zusätzlich durch Eroberungszüge (Ghazu, Ghazua; das Wort „Razzia" stammt davon ab) und durch die Zahlungen der tributpflichtigen schwächeren Stämme oder Dörfer, und sogar von eroberten und in Folge davon tributpflichtigen Städten. Die Raub- und Eroberungszüge waren früher ein wichtiger Bestandteil der beduinischen Wirtschaft und Kultur, sie hatten ihre eigenen Regeln. Wer sie durch schändliche Taten missachtete, wurde tabuisiert. Die Eroberungen und die Ausdehnung der Bündnisse auf viele Stämme waren ein Mittel zur Macht. Im 20. Jahrhundert allerdings wurden die Eroberungszüge verboten.

Die Beduinen besitzen ihren eigenen Verhaltens- und Gesetzeskodex. Der Kodex wurde in früheren Zeiten mündlich überliefert. Manche ihrer Regeln wurden im 20. Jahrhundert verboten, wie z.B. die mehrjährigen Fehden und Rachefeldzüge. Der Kadi ist der Richter (u.a. Schlichter, Schiedsmann), er kennt sich in den Kodizes bestens aus. Es kann zu Verhandlungen mit mehreren Richtern kommen, wenn die Problemstellung schwerwiegend ist. Auch die Richter wollen friedliche Lösungen, um Rache zu vermeiden und zu unterbinden. Die Kadis behandeln auch allgemeine Alltagskonflikte.

Für diese Erzählung habe ich die Vergangenheitsform gewählt. Ein fester Zeitpunkt ist absichtlich nicht vorhanden. Die Kultur wird annähernd in ihrer ursprünglichen Form beschrieben. Die Nomaden kannten keinen Kalender wie wir ihn kennen. Ihre Zeit läuft mit den Mondphasen und mit den Gestirnen. Als Indizien für eine vergangene Zeit dienen hier die große Bedeutung, die das Kamel besaß, sowie die den Beduinen verfügbaren Techniken.

Das Kamel hatte vor dem 20. Jahrhundert eine erhebliche Bedeutung für die Beduinen; sie hüteten die Tiere und veräußerten einen Großteil an die Handelsleute, die Kamele als Transporttiere („Schiffe der Wüste") für ihre Handelskarawanen benötigten. Deswegen erzielten gesunde Kamele einen guten Preis auf den Märkten. Das Kamel war hauptsächlich Lastenträger, Transporttier, Reittier, es war Fleisch-, Haar-, Woll- und Milchlieferant. Je mehr Kamele ein Beduinenstamm besaß, desto reicher war er. Dies änderte sich mit dem Aufkommen des Automobils und der motorisierten Lastträger. Anfang des 20. Jahrhunderts führten die Europäer die motorisierten Fahrzeuge in den Orient ein. Der Wert des Kamels als Transporttier der Handelskarawanen sank dadurch stark und die stolzen Beduinen begannen zu verarmen.

In dieser Erzählung fehlen moderne Techniken und das

Motorfahrzeug. Ein Zeitindiz sind auch die Feuersteinflinten und die Lanzen, sowie Pfeil und Bogen, die von den Nomaden bis weit ins 19. Jahrhundert genutzt wurden. Mit der europäischen Kolonisation kamen dann das Gewehr und die Schrotflinte in die Region. Demnach ist die Handlung in dieser Erzählung älter als das 20. Jahrhundert und - wer weiß wie viel - älter!

In der Geschichte kommen einige Wörter vor, die in der arabischen Sprache alltäglich waren und sind, z.B. die Begrüßungsformeln oder das Wort „Allah". Allah ist das arabische Wort für Gott. Das Wort Allah (Gott) wird auch von den arabischen Christen benutzt. Das Wort hat noch ältere Ursprünge als im Monotheismus, so wurde z.B. eine altarabische Göttin Allahat genannt.

Die Beduinen sind in der Regel nicht religiös. Ursprünglich bzw. bis vor kurzem waren sie Analphabeten, manche Gruppen sind es noch heute. Analphabeten können nicht lesen, sie können den Inhalt der „Heiligen Bücher" (Bibel, Koran oder Thora) deswegen nicht praktizieren. Der Inhalt ist ihnen höchstens vom Hören-Sagen bekannt. Die Nomaden ordneten sich jedoch nur dem Namen nach einer Religion zu. Das tatsächliche Praktizieren einer Religion wäre eine Beeinträchtigung für ihr Freiheitsdenken und hinderlich für das Überleben in kargen Landschaften. Es gibt einige Ausnahmen, sie sind bis zum heutigen Tag bekannt. Die Beduinen im Vorderen Orient gehörten den verschiedenen semitischen Religionen an; die christlichen und vermutlich auch die hebräischen Nomaden sind heute längst sesshaft geworden.

Die Beduinen waren schon immer stark abergläubisch. Sie

glauben an die Existenz der Ghuls, der Dschins und der Afreets (Ifrits), und sie erzählen zusätzlich zu ihren Fabeln diese Märchen und Legenden am Lagerfeuer. In meiner Erzählung spielen zwei dieser abergläubischen Elemente oder „Wesen mit übermenschlichen Kräften" eine Rolle. Als Autorin nehme ich mir die Freiheit, solche Gestalten zu benutzen und sie sogar mit Elementen aus der altorientalischen Mythologie zu vermischen und hier einzuweben.

In der erzählten Legende findet sich meistens der Dschin (Ginn, Djinn; männlich) in Verbindung mit Metallen (Ring, Zauberring, metallene Wunderlampe, Schloss aus Gold, Silber, etc.), die er unter Umständen seinem menschlichen Favoriten oder seiner Favoritin schenkt. Wer Angst vor Dschins hat, wehrt sich mit Dschin-abwehrenden metallenen Anhängern bzw. Amuletten, die u. a. mit blauen Schmucksteinen verziert sind, gegen den „bösen Blick" des Dschins. Die Geschichten über den Dschin ähneln den Geschichten des kanaanäischen Gottes der Handwerker und der Schmiedekunst, er kann genauso Paläste aus Gold und Silber bauen. Die Ghul (meist weiblich) ist immer boshaft. Ihr Ziel ist es, Männer zu verwirren, sie kann sie verwandeln (auch in Stein), vergiften, verseuchen, entführen oder verführen. Alle diese Wesen können sich nach Lust und Laune verwandeln. Sie haben die Fähigkeit, sich in Menschen, Tiere, Pflanzen, Rauch oder andere Dinge zu verwandeln.

Diese Wesen des Aberglaubens (Dschin, Ghul) sind vermutlich ein Gemisch aus alten Mythologien mit den Überbleibseln der Geschichten der jeweils regional bekannten volkstümlichen Dämonen. Weil man sie nicht ausrotten konnte, hat der Islam sie in die Suren warnend und abratend als böse „Rauchwesen" und verteufelte Schreckensbilder aufgenommen. Niemand wagt es, dies in der arabischen Welt auszusprechen, aber wir haben es hier deutlich mit einem Rest von „arabischem Heidentum" zu tun. Phantasie besitzt Flügel, man kann sie nicht bezwingen. Ähnlich lebt das sog. Heidnische global in vielen modernen Festen weiter, wie z. B. im Karneval, als fruchtbarer (Oster-) Hase etc.; altmythologische Elemente und volkstümliche, zauberhafte gute und böse Wesen leben sogar in den bekannten Märchen weiter - wie z.B. bei den gesammelten Märchen der Gebrüder Grimm.

Die Natur bzw. der natürliche Lebensraum der Nomaden spielt in dieser Erzählung eine ebenso große Rolle, dazu gehört auch die Tierwelt. Neben den Nutztieren wie vor allem dem Kamel, dem Prestigeobjekt Pferd sowie den typischen Wüstentieren erhalten besonders die Vögel in dieser Geschichte einen besonderen Stellenwert und eine Symbolik.

Für die Rolle des Greifvogels wähle ich den Steinadler; er kommt im Vorderen Orient vor, ist heute aber seltener geworden als alle anderen Adlerarten. Meine Freiheit erlaubt das Spielerische und entlehnt die Figur „Greif" oder „Greifvogel" aus dem vorderasiatischen Altertum. Der Adler in der vorderasiatischen Mythologie ist ein kleiner Gott der Unterwelt; er kämpft gegen die höheren, mächtigeren Götter. Weitere Adlerfiguren sind u.a. der geflügelte altbabylonische Wettermann oder auch der löwenköpfige Adler in Gilgameschs Traum, der babylonischen Version. Genauso wie Gilgamesh wacht der junge Held meiner Geschichte auf - ob er träumt oder nicht? Das soll offen bleiben. Der junge Held Riman erlebt „träumerisch" eine Parallelwelt, die nach einer Sinngebung sucht (egal wie phantasievoll sie ist). Diese Parallelwelt steht im Kontrast zum harten und kargen Alltag der Beduinen.

Obwohl die Beduinen früher nicht lesen und schreiben konnten, waren sie für ihre mündlich überlieferte Dichtkunst berühmt. In ihrer Freizeit singen, tanzen, musizieren und erzählen sie gerne. Ihre Phantasie ist erfindungsreich. Wenn sie gemeinsam um ein Lagerfeuer sitzen, erfinden sie spontan neue Lieder, Geschichten, Fabeln und Gedichte. Leider stirbt diese kulturelle Gewandtheit heute langsam aus - der seit langem stattfindende Kulturwandel ist die Ursache.
Die Bewegungsfreiheit der Beduinen ist zudem seit dem 20. Jahrhundert durch die künstlich gezogenen staatlichen Grenzen stark eingeschränkt. Oft werden Nomaden von den Staaten zwangsweise umgesiedelt und in Dörfern angesiedelt - ganz gegen ihre freie Natur und ihre ursprüngliche Wirtschaftsform. Die heutigen Kriegsmaschinen der Lüfte (die modernen Götter der Ost-West-Achsen) schießen nachts „infrarötlich" auf rotwarme Flecken in den großen Weiten, d.h. oft versehentlich auf Menschen, die sich vor Angst an ihre Zelte klammern, sie schießen auf Kamele, Ziegen oder Esel.

Viele weitere Charakteristika dieser Kultur und Lebensform sind nicht von mir erwähnt worden, dies würde unsere kleine Geschichte überladen. Vielleicht gibt es eine weitere Gelegenheit eine andere Geschichte zu erzählen und weitere Elemente der Kultur der Beduinen hineinzuweben.

Der Held der Geschichte

Riman entwickelt sich von einem Jungen, der von seinen kecken Schwestern geneckt und geärgert wird („erst sollen dir die Barthaare wachsen...") zum sensiblen und feinfühligen Jüngling. Er lernt auf mystische Weise seine Umwelt zu verstehen und zu deuten. Er spürt die beschützende Kraft einer ihm zugeflogenen Feder, er betrachtet die kleinsten Lebewesen und horcht nach den Geräuschen in seiner Umgebung, seien es die Warnrufe der Raben oder das Gezwitscher der kleinen Vögel. Und ob ein kleiner Nektarvogel sich in der Poesie dieser Geschichte in ein hübsches und bezauberndes Mädchen verwandeln wird, sei der Phantasie des Lesers überlassen.

* * *

Möge der Beruf „Märchenerzähler/in" niemals aussterben! Märchenerzähler können aussterbende Elemente, Lebensformen u.a. in ihren Geschichten lebendig erhalten.

Bassima Khoury (Amman/Düsseldorf/Köln, im Mai 2016)

Alle hier verwendeten Personen- und Ortsnamen sind frei erfunden und nicht identisch mit tatsächlichen lebenden Menschen oder realen Orten.

Anhang A:
Personen und andere Wesen und Nicht-Lebewesen, die in dieser Geschichte eine Rolle spielen.
Eine Aufzählung.

Personen vom Stamm der Sukkeir
("die kleinen Falken")

Riman: die Hauptfigur dieser Geschichte. Rimans vollständiger Name lautet: Riman Bin Hilal Bin Umayr min Kabilat al-Sukkeiri. „Bin, auch Ibn" bedeutet „Sohn (des)". In anderen Worten: Riman ist der Sohn des Hilal, Hilal ist der Sohn des Umayr. Hier werden drei Generationen genannt, Sohn, Vater und Großvater. „Min" heißt „von, vom". „Min Kabilat al-Sukkeiri" bedeutet „dem Stamme der Sukkeir angehörend".

Kurzer Stammbaum von Riman und seinen Angehörigen:

Vorfahren
|
Großvater Umayr
|
Vater Hilal - Mutter Nischma
|
Kinder: Riman - Zahra - Warda - Yasmin
(Riman mit seinen drei Schwestern)

In Worten:

Hilal und **Nischma**: Vater und Mutter von Riman.

Umayr: Rimans Großvater.

Zahra, **Warda** und **Yasmin**: Rimans Schwestern. Zahra ist die älteste, Warda die jüngere und Yasmin ist die jüngste Schwester.

Weitere Angehörige:

Duneib, **Harun** und ein Esel: Duneib ist der Wachhund der Familie, Harun ist Rimans Kamel - ein Jungtier.

Weitere Personen vom Stamm Al-Sukkeir:

Abdallah, **Badder** und **Qassiem**: Rimans beste und gleichaltrige Freunde, sie gehen gemeinsam durch „dick und dünn".

Omar: Badders Vetter.

Abu-Saqer und **Abu-Seif**: die Großväter von Badder und Qassiem.

Al-Dschawal, ein uralter freundlicher Onkel, genannt der „Wanderer" (Al Dschawal).

Hamdan: der uralte Freund von Al-Dschawal.

Al-Qadder: Hamdans Sohn.

Leith, **Mussa** und **Nimr**: drei andere Jugendliche vom gleichen Stamm.

Salmaan, Scheich Al-Schuyuch: Salmaan, „der Scheich aller Scheichs", das Stammesoberhaupt bzw. der Scheich der Sukkeir.

Suleiman: der jugendliche Sohn des Scheichs Salmaan.

Ibn Ali: er lebt in der Stadt. Er hat das Lesen und Schreiben gelernt.

Personen der „Bidyan", ein Nachbarstamm der Sukkeir:

(Bidyan: das Wort wird hier frei von Badu bzw. Beduinen abgeleitet)

Scheich Bilal: das Stammesoberhaupt der Bidyan, der kluge Scheich des Stammes der Bidyan.

Nasser: sein Sohn.

Abu-Dabb'aa : „Vater der Hyäne", der „Grimmige", der zornig und kritisch daherbrummt.

Bikr: sein Gefährte.

Personen vom Stamme der Tha'aliba:

("die Füchse"):

Sie tauchen in der Geschichte nicht persönlich auf, sie werden nur namentlich erwähnt. Abdallahs Tante lebt bei diesem Stamm, weil sie einst ein Tha'aliba geheiratet hatte.

Tiere und Pflanzen

sind ebenso wichtig.

Fels, Sand, Berg, Höhle, Tal und Wasserquellen

sind die natürlichen Kulissen dieser Geschichte.

Anhang B: Erläuterung / Übersetzung der Namen

-Abdallah: Diener Gottes.
-Abu Dabb'a: Vater der Hyäne.
-Abu Saqer: Vater des Falkens.
-Al-Dschawal: (eigentlich: Mutajawel) der Wanderer; bedeutet hier im übertragenen Sinne „der durch das Leben wandert".
-Al-Qadder: das Schicksal, die Bestimmung.
-Badder: Vollmond.
-Bidyan: vom Wort Badu (Beduinen) abgeleitet.
-Bikr: Erstgeborene/r.
-Bilal: abgeleitet von nässend (Regen), Durst stillend.
-Duneib: Deneb ist der arabische Name für den Nordstern im Sternbild Schwan „Cygnus", „die Schwanzfedern des Schwans" (Astronomie).
-HaDschin: ein frei erfundener Name.
-Hamdan: der Gesegnete, der Beehrte.
-Harun: Berghöhe (hebräisch: Aaron).
-Hilal: Mondsichel.
-Ibn Ali: Sohn des Ali; Ali bedeutet der Erhabene (hoch).
-Leith: poetisch Löwe (Leu).
-Mussa: arab. für Moses.
-Nasser: Sieg.
-Nimr: Leopard.
-Nischma: Stern.
-Omar: der lange Lebende, Gedeihende.
-Qassiem: Teilhaber.

-Riman: in einem friedlichen Ort verweilend, in einen Ort einkehren und ihn beheimaten.
-Salmaan: der „Befriedete" (Frieden), ähnlich wie Suleiman.
-Saqer: Falke.
-Seif: Schwert.
-Sukkeir (Suqeir): Fälkchen, Diminutiv von Falke („Saqer").
-Suleiman: abgeleitet von Salam (Frieden), (hebräisch: Salomon).
-Tha'alib: Füchse.
-Tha'lab: ein Fuchs.
-Umayr: abgeleitet von Omar, der lange Lebende, Gedeihende.
-Warda: Rose, Blüte.
-Yasmin: Jasmin (die Pflanze Jasmin oder die Jasminblume).
-Zahra: Blüte, Blume.

Anhang C: Glossar. Begriffe und Erläuterungen

A

-Abu, Ab: Vater.

-Adam: siehe unten, Söhne Adams. Adam und Eva gelten bei den Beduinen als die ersten Menschen.

-Achat: ein mehrfarbiger Schmuckstein.

-Al-: Artikel, „der" oder „die". Im Arabischen gibt es kein „das", d.h. kein Neutrum.

-Al-Badu: Plural, die Beduinen. Der Beduine (Al-Badawi); die Beduinin (Al-Badawiya).

-Al-Dschawal: arabisch, der Wanderer, der Weltenbummler. Zusätzliche moderne Bedeutung heute: das Handy / Mobiltelefon.

-Al-Ghula: eigentlich Al-Ghul, Ghul. Ein gefürchtetes weibliches Geisterwesen oder Dämonin, die aus alten Legenden oder Mythologien stammt. Die Volkslegenden im Orient sind reich an Geschichten über Ghul und andere ähnliche Wesen (s.u. Dschin).

-Allah: die arabische Bezeichnung für Gott. Das Wort „Allah" wird nicht nur von den arabischen Muslimen verwendet, sondern auch von den arabischen Christen.

-Allahu ma'kum: Gott sei mit euch.

-Amber: (arabisch ‚Anbar) ein anderer Begriff für Bernstein, der ein fossiles Harz ist. Hier ist der vorderasiatische Bernstein gemeint, ein Schmuckstein.

-Antilope: Jagdbeute der Beduinen.

-Arabisch: gehört der semitischen Sprachgruppe an. Andere semitische Sprachen sind: Aramäisch, Hebräisch, Phönizisch, Babylonisch usw. (die beiden Letzteren sind „tote" Sprachen).
-Araber: eine Ethnie, die in der arabischen Welt beheimatet ist.
-Araberhengst: Ein Hengst der arabischen Pferderasse angehörend. Diese Rasse ist temperamentvoll, ausdauernd und an das heiße Klima im Vorderen Orient angepasst.
-Assalamu Aleikum: die klassische Begrüßungsform „Friede sei mit euch".

B

-Badiya: Trockenlandschaften im Vorderen Orient bzw. im Mediterranen Raum. Wüste, Steppe, Halbwüste. Sah(a)ra ist ein anderes Wort für Wüste.
-Beduine: arabischer Nomade, Bewohner der Badiya. Beduine, Bedu (geläufige Abkürzung) usw., sowie Badiya werden von dem gleichen Wort abgeleitet (Wortwurzel: bada'a = er fing an, Präteritum / anfangen; d.h. ein Beduine ist der Erste, der Anfang).
-Berg Nebi: Der Berg eines Propheten / Prophezeiers (Nebi: Prophet; hier ein fiktiver Berg).
-Bilderschrift: Bildzeichen, bildhafte Symbole von Objekten, Aktionen, Tieren usw., bzw. Symbole, die Wörter oder Silben darstellen. Piktographie. Das Alphabet hat sich aus einer Bilderschrift heraus entwickelt.
- Bin (oder: Ibn): Sohn, Sohn des.

D

-Dahab: arab. Gold.

-Dromedar: ein einhöckriges Kamel, s. Kamel.

-Dschin (andere Schreibweisen: Dschinn, Djinn, Djin, Ginn): Der Dschin ist ein populäres, dämonartiges Wesen oder „Geist" in volkstümlichen Märchen. Er kommt auch in den Geschichten von „1001 Nacht" vor. Er hat oft weniger gute als furchterregende Eigenschaften. Andere Dämonen oder geisterartige Wesen sind Al-Ghul (Ghul) oder der Ifrit (Afreet).

E

-Emir: Fürst, Prinz.

F

-Felsbilder: Malereien oder eingravierte, eingeritzte, geschabte oder gepickte Abbildungen an Felswänden, Felsformationen oder an Höhlenwänden. Die ältesten Felsbilder stammen aus der Steinzeit.

-"Fi qadim al zaman": „vor langer, langer Zeit". - So fängt ein/e arabische/r Märchenerzähler/in eine Geschichte an.

G

-Ghula, Ghul: s. Al-Ghula

-Greifvögel: die fleischfressenden Vögel (die Habichtartigen), Adler, Geier, Bussard, Habicht und Sperber. Die Falken gehören nicht zu den Habichtartigen.

-Greif: ein mythologisches Mischwesen (kombinierte

Körperteile: Vogel und Tier, oder Vogel und Mensch).

H

-HaDschin: ein fiktiver Name, von der Autorin erfunden.
-Heilige Bücher: so nennen die Araber die Bücher der drei semitischen Religionen (Thora, Bibel und Koran).
-Heuschrecken: Die Wüstenheuschrecken gehören zu den Wanderheuschrecken. Sie tauchen periodisch in riesigen Schwärmen auf. Die großen Schwärme der Heuschrecken sind jedes Mal eine vernichtende Plage für die Landwirtschaft. Bebaute Felder werden im Nu kahlgefressen.

I

-Ins (auch Insan): Mensch

J

-Jericho-Bird: s. Nektarvogel.
-Jericho: eine Stadt nordwestlich vom Toten Meer.

K

-Kadi (Qadi): ein Richter.
-Kamel: Oberbegriff für alle Kamelarten. Die Bezeichnung für das einhöckrige Kamel ist Dromedar. Das Dromedar lebt in Nordafrika und Westasien. Ein Kamel mit zwei Höckern wird als Trampeltier bezeichnet. Das Trampeltier lebt in Mittelasien. Ein Kamel trinkt in wenigen Minuten ca. 140 Liter Wasser.
-Kamelzecke: Eine große achtbeinige blutsaugende Zecke.

Vollgesogen kann sie bis zu 4 cm lang werden. Diese Zeckenart bevorzugt Kamelblut.

-"kan ya makaan, fi qadim a-zamaan …": Es war einmal an einem bestimmten Ort zu uralter Zeit… So beginnt ein arabischer Märchenerzähler seine Geschichten.

-Kardamom: (Kardamon) der Kardamom ist die Fruchtkapsel einer Staude. K. gehört zur Ingwergewächse und stammt ursprünglich aus Südindien und Ceylon. Die Samenkapseln werden geerntet und getrocknet. In Arabien würzt man den Kaffee und die Speisen damit. K. ist verdauungsfördernd. Der Samen erfrischt den Atem.

-Kaurischnecke: auch „Prozellanschnecke". Sie ist eine tropische bis subtropische Meeresschnecke (keine Muschel); sie benötigt wärmere Wassertemperaturen. Sie ist in oberflächennahen Korallenriffen beheimatet. Die hübschen Schalen der kleinen Kauri-Arten werden als Schmuckanhänger getragen.

-Kodex: die Gewohnheitsregeln und -rechte der Beduinen, die wichtig für das Funktionieren der beduinischen Gesellschaft sind. Der Kodex umfasst die Verhaltensregeln, die rechtlichen Regeln wie z. B. das Schutzrecht und das Gastrecht.

-Kolkrabe: er ist die größte Rabenvogelart, ein Allesfresser und Aasfresser. Seine Rufe lauten kraa kraa oder koork und andere Laute. Im Orient gilt er als Unglücksbote.

-Koralle: die schmückende Koralle stammt hier vom Roten Meer, das nicht weit entfernt liegt.

M

-Malachit: ein grüner bis blaugrüner Schmuckstein.
-Meereskoralle: s. Koralle.
-Mondzyklus: die Zeitspanne von einem Vollmond bis zum nächsten Vollmond beträgt 29 Tage 12 Stunden und 44 Minuten. Dieser Zyklus besteht aus Neumond, zunehmendem Mond, Voll-Mond und abnehmendem Mond.

N

-Nebi: ein Prophet, jemand, der Prophezeiungen macht.
-Nektarvogel: der Jericho-Bird wird auch 'Palestine Sunbird' genannt; es ist ein kleiner Nektarvogel, der im Nahen Osten verbreitet ist; das Männchen besitzt ein metallisch blaues bis grünes Federkleid; alle Nektarvögel haben einen langen gebogenen Schnabel. Die Nahrung besteht aus Blütennektar, Honig, Früchten, Datteln, Insekten und Larven (s. Jericho-Bird).
-Nomadentum: eine nicht sesshafte Lebensweise mit eigener Subsistenzwirtschaft.

O

-Oase: Ein pflanzenreicher Ort in der Wüste, der durch Grundwasser oder Quellen mit Wasser gespeist wird. Die Oase ist Anlaufstelle für Mensch und Tier.

S

-Scheich (Sheikh): arabisches Wort für „ein alter Mann", wird auch als Begriff für „Stammesoberhaupt" benutzt.

-Sheikha: eine alte Frau; früher gab es auch die weibliche „Scheicha" im Sinne weibliches Stammesoberhaupt.

-Scheitan: Teufel, Satan.

-Schuyuch: Plural von Scheich; al Schuyuch: die Scheichs. Scheich al Schuyuch: (Der) Scheich aller Scheichs.

-Sesshaft: Die Stadt- und die Dorfbewohner sind sesshaft. Sie wandern nicht, sondern leben in festen Behausungen.

-Smaragd-Agame: eine blau-grüne oder türkisfarbene, leguanartige Echse (Reptil).

-Söhne Adams: Zeitrechnung der Beduinen. Für sie gelten Adam und Eva als Beginn der Menschheit.

-Sonne: die Beduinen richten sich tagsüber nach der Sonne, sie ist ihr Zeitmesser am Tag.

-Stamm: Clan, Sippe. Ein organisierter Verband von Familien. Ein Beduinenstamm kann mit anderen Stämmen eine Konföderation bilden.

-Steinadler: ein großer Greifvogel, mit einer Flügelspannweite von über 2 m. Er jagt Säugetiere, Vögel, und frisst auch Aas. Er packt seine Beute mit den Greiffüßen, die lange scharfe Krallen haben. Der Hakenschnabel reißt Stücke aus der Beute. Die Steinadler nisten in Felswänden. Der Steinadler ist im Vorderen Orient seltener geworden; es überwiegen die Schlangenadler, Steppenadler und auch Geier.

-Steinbock: der Syrische oder der Nubische Steinbock ist ein Paarhufer. Sein Lebensraum ist die felsige Landschaft des Vorderen Orients.

-Sterne: Die Nomaden kennen die Sternenbilder beim Namen (die überlieferten altarabischen Namen) und können mit ihrer Hilfe nachts ihren Weg finden.

T

-… Tuta Tuta, khilsat al hattutta: "Maulbeere, Maulbeere, hier endet die Geschichte". Damit endet ein Märchenerzähler oder eine Märchenerzählerin seine oder ihre Geschichte.

W

-Wadi, (Plural: Wadis). Arabisch für Tal; ein Wadi führt zur Trockenzeit kein Wasser. Nach Regenfällen kann im Tal ein Rinnsal fließen oder ein reißender Strom.
-Wüstenginster: Retama raetam.
-Wüstenhühner, Steppenhühner: hier im Buch sind die arabischen Chaka-Steinhühner gemeint. Ihre charakteristischen Rufe sind: Tschaka Tschaka Tschaka Tschaka . ..

Y

-Ya Halla: eine legere Form des Willkommen-heissens.

Anhang D: die traditionelle Aufgabenaufteilung der Geschlechter bei den Beduinen

Frauen - Mädchen	Männer - Jungen
Nahrungsmittelzubereitung	Oberhaupt (Scheich)
Herstellung von Milchprodukten	Krieger (ab 14; Raubzüge; Fehden, Kriege)
Konservierung (Milchprodukte u.a.)	Kriegsführer
Sammeln (Kräuter, Wildgemüse, Trüffel, Wurzeln)	Richter (Kadi)
Mehl (ausschließlich von Frauen gemahlen)	Dichter, Sänger
Zeltaufbau	Kaffeekocher
Weben, Spinnen, Färben v. Wolle	Jäger
Gerben	Handel / Tausch (auf den Märkten)
Beschaffung v. Brennmaterial	Kamelherde hüten
Nähen v. Kleidung und Sticken	Kamele melken
Hebamme u. notfalls Amme	Schur

Mädchen	Jungen
Kleinvieh hüten	Kleinvieh hüten
Wasser besorgen	Wasser besorgen
Sammeln	Fallen bauen

Frauen, früher:	Stammesversammlung
Oberhaupt, Kriegerin, Teilnahme an weiteren Aktionen	Jeder Mann und jeder Junge muss hin

Anmerkungen zu den Aufgaben:

-Heilkundige: beide Geschlechter.

-Einige Gewohnheiten und Praktiken der Beduinen sind im 20. Jahrhundert verboten worden, z. B. die kriegerischen Auseinandersetzungen, die Fehden, die Rachefeldzüge, die Raubzüge und die Tributeinnahmen. Die soziale Rolle „Krieger" ist damit beendet worden. Die stolzen Beduinen dürfen dennoch weiterhin - bis heute - ihre Waffen tragen, aus Prestigegründen und für die Jagd.

Danksagung

Mein Dank gilt meinen lieben Eltern, die mir sehr früh das selbständige Wandern ermöglicht haben; meinem Sohn, den meine Geschichten fasziniert haben; meinen ersten Leserinnen in Düsseldorf, Monika, Ingrid und Zahia; meinem Geburtsort Wuppertal und dem Wuppertaler Freundeskreis; den beiden Ländern die mich geprägt haben, Deutschland und Jordanien.

Ein besonderes Dankeschön gilt all diejenigen, die mich technisch unterstützt haben und dadurch die Veröffentlichung dieses Manuskriptes ermöglichten: Frank Siegmund (Lektorat), Angelika Marks (Lektorat) und Ferial Khoury-Bec (Einbandgestaltung, Satz, Layout, und Bildbearbeitung).

die Tha'aliba ↑

Ebene

Tal

Ta

Zelte der Sukkeir

Berg Nebi

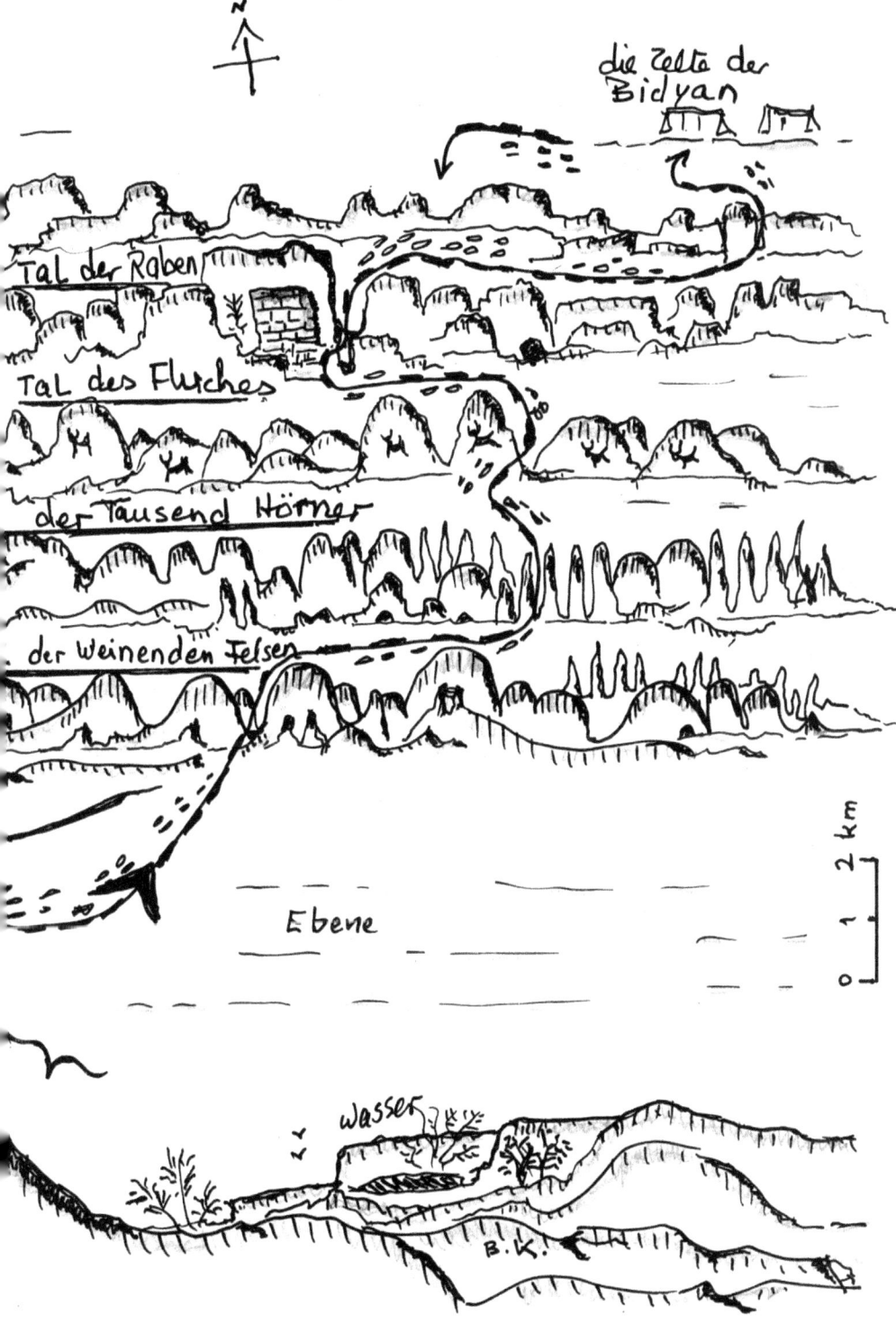